KB069379

하이베른가의 대공자

하이베른가의 대공자 **10**

초판 1쇄 인쇄일 2024년 2월 23일 | **초판 1쇄 발행일** 2024년 2월 29일

지은이 청루연 | **펴낸이** 곽동현 | **담당편집 팀장** 이범수
편집부 정요한 김승건

펴낸곳 (주)조은세상 | **출판등록** 제2002-23호
주소 서울특별시 동작구 동작대로1길 27 5층
TEL 02)587-2966 | FAX 02)587-2922
E-mail bukdu@comics21c.co.kr

청루연ⓒ2023
ISBN 979-11-391-2930-4 | ISBN 979-11-391-1964-0(set)
값 9,000원

10

북두
이젠 세상

하이베른가의 대공자

청루연
판타지 장편소설

청루연 판타지 장편소설

FANTASY STORY

CONTENTS

Chapter. 67

콰아아앙!

콰아아아앙!

자욱한 물안개로 가득한 선미를 아연실색한 얼굴로 바라보고 있는 다인.

갑판의 마력진을 살펴보던 그는 그 기상천외한 발상에 커다란 충격을 받을 수밖에 없었다.

물질 포집에 이은 구속 술식으로 바닷물을 결정화시키고, 강한 확산 술식으로 타격해 추진력을 얻는다.

가장 황당한 건 간헐적으로 스파크가 튀기고 있는 저 마정석이었다.

테오나츠 마탑의 입탑 마법사로서 무수한 연구 업적들을 살펴볼 기회가 있었지만, 마정석이 저런 식의 소모품으로 활용된 예는 처음 보는 해괴한 광경이었다.

게다가 마장기의 동력을 활용해 선수부 전체를 관성 파동 술식으로 감싸고 있는 광경이란 아예 정신이 혼미할 지경.

저런 식이라면 아무리 강마력 엔진이라고 해도 버틸 수가 없었다.

의외로 그 답은 빨리 찾아왔다.

마장기의 강마력 엔진이 머금고 있는 빛이 희미해져만 가자.

지이이잉-

무표정한 얼굴로 아공간을 소환하더니 그대로 팔을 쭉 집어넣는 루인.

"뭐……?"

휘둥그레 뜨여진 다인의 두 눈.

부유 마법에 의해 천천히 드러나고 있는 것은 틀림없는 사람 머리만 한 크기의 마정(魔精)이었다.

그렇게 바닥에 마정을 내려놓은 루인이 아무렇지도 않게 마정을 부여잡았고.

순간 압도적인 마력의 흐름이 사방을 집어삼키더니 저 커다란 마정이 통째로 시뻘겋게 달아오르기 시작했다.

지지직!

지지지지직!

천천히 잦아드는 뇌전.

그 현상이 의미하는 바는 너무 명확했다.

"마력 열압?"

마정석으로 가공하기 전의 마정이 가치가 없는 것은 극도로 불규칙한 마력의 흐름 때문이었다.

그런 마력 얽힘 현상을 고도의 술식으로 정제하여 일정한 흐름으로 방출하도록 유도하는 것이 마정석 가공의 핵심인 것이다.

때문에 미친 듯이 날뛰는 마력을 술식으로 제어하는 것은 극도로 민감한 작업이었다.

불규칙한 마력의 흐름을 제대로 통제하지 못했다가는 순식간에 평범한 돌덩이로 변해 버리는 것이었다.

한데 저 하이베른가의 대공자가 마정을 가공하는 방식은 그 궤부터가 달랐다.

마력을 응축하여 물질에 열과 압력을 발생시키는 건 어렵지 않았다.

문제는 그 압력의 강도를 얼마나 유지할 수 있느냐였다.

복잡한 마력 얽힘 현상을 강한 열과 압력으로 응축시켜 버리면 마력 용융 현상이 일어나게 된다.

마정이 품고 있는 마력을 안정화시키려면 반드시 그런 마력 용융 상태를 일정 시간 동안 유지해야 했다.

만약 안정화될 때까지 용융 상태를 유지하지 못한다면 마정이 품고 있는 모든 마력이 일시에 방출되어 폭발할 위험이 있는 것이다.

"……."

설명은 쉽지만 그런 상태를 유지하는 건 결코 간단한 문제가 아니었다.

마정이 품고 있는 마력의 양을 정확히 알고 있어야 했고, 무엇보다 어떤 상황에서도 흔들리지 않는 견고한 정신력과 고도의 염동력 통제가 가능해야 했다.

강한 자기 확신 없이는 시도조차 할 수 없는 방법.

'나도 할 수 있을까……?'

다인이 거칠게 고개를 흔들었다.

저런 방식은 마력의 양이니 고리의 개수니 하는 건 무의미했다.

사람이 지닌 본연의 심성과 정신력, 그리고 아득한 경험의 차이였다.

우우우웅─

용융 상태가 식으며 마력 얽힘 현상이 모두 잦아든 마정이 마침내 드러났다.

틀림없는 마정석(魔精石).

본래의 빛깔이 거의 사라진 것으로 보아 그 아득한 순도를 짐작조차 할 수 없었다.

저 정도라면 이 세계에 존재하는 거의 모든 술식의 촉매가 될 수 있을 것이다.

한데, 그렇게 재탄생된 마정석에 루인이 곧바로 술식을 새기고 있었다.

미세한 선들과 기하학적 도형이 복잡하게 얽히자 마정석이 통째로 특유의 붉은빛을 머금기 시작했다.

츠츠츠츠츠-

사방으로 퍼지는 나직한 진동.

점점 마정석은 측량할 수 없는 마력을 뿜어내고 있었다.

다인의 두 눈이 찢어질 듯이 부릅떠졌다.

"……강마력 엔진?"

마장기의 핵심이라고 할 수 있는 마법 기관.

모든 국가에서 눈에 불을 켜고 그 비밀을 캐내고 싶어 하는 아티팩트가 무슨 찍어 내듯이 탄생되고 있었다.

빛을 잃어 가던 강마력 엔진이 마장기에서 제거되어 이내 바닥에 떨어졌고.

투우웅-

방금 제작이 끝난 따끈따끈한 강마력 엔진이 새롭게 마장기에 장착되었다.

이 모든 것들이 고작 5분도 안 되는 시간에 일어난 일.

빛을 잃은 강마력 엔진을 바다에 던져 버리며 태연하게 손을 털고 있는 루인.

무심한 얼굴의 루인이 다시 헬라게아에서 비슷한 크기의 마정 다섯 개를 꺼내고 있었다.

이내 벌어진 풍경은 같은 작업의 반복이었다.

다인은 입도 뻥긋할 수 없었다.

지금의 심정을 대체 뭐라고 표현해야 할까?

어떻게 저런 놈이 그 용맹한 기사 가문인 하이베른가의 대공자일 수가 있는 거지?

공간 이동진을 통해 모든 함선들의 마장기에 강마력 엔진을 장착하고 돌아온 루인이 아무렇게나 갑판에 앉았다.

"후, 목이 마르군."

바오만트 맥주의 훌륭함에 이미 흠뻑 빠져 버린 루인.

소형 오크통을 통째로 들이켜던 그가 이내 앞가슴을 닦으며 다인에게 맥주를 권했다.

"마실 건가?"

"타, 탑에 오른 후로 술은 하지 않네."

"좋은 자세군."

고도의 정신 상태를 유지해야만 하는 마법사가 술을 멀리하는 건 기본 중의 기본.

하지만 루인은 그러지 못했다.

아니 당시의 어떤 마법사도 술을 끊지 못했다.

악제와의 전쟁은 모두의 삶을 망가뜨려 놓았다.

"뎀므는 어떻게 지내고 있지?"

"그는…….."

어쩐지 망설이고 있는 다인.

루인이 피식 웃었다.

"마도의식까지 한 마당에 아직도 믿지 못할 이유가 있나 보군. 역시 적국이라 이건가?"

사촌 뎀므.

사상 최고의 실력과 재능을 겸비한 아조스가의 촉망받던 마법사.

그런 천재가 한순간에 반역자로 낙인찍힌 이야기를 다인 은 함부로 꺼낼 수가 없었다.

"내겐 꽤 의미 있는 사람이라 꼭 안부를 묻고 싶은데."

"어떤 관계인가?"

뎀므는 제국 밖은커녕 마탑 밖으로도 한 번 나가지 않은 인 물이었다.

연구밖에 모르는 두문불출 그 자체인 뎀므가 하이베른가 의 대공자와 접점이 있다는 것은 쉽게 믿기 힘든 일이었다.

"친구."

"친구?"

한껏 진지해진 루인의 얼굴.

다인이 나직이 한숨을 쉬며 서쪽 하늘을 바라보고 있었다.

"……불행히도 그는 지금 본국의 지하 감옥에 수감되어 있 네."

"지하 감옥?"

의문으로 고개를 삐딱하게 비트는 루인.

뎀므가 반역이라니?

그의 성격을 누구보다 잘 알기에 루인으로선 황당하기 짝이 없는 말이었다.

그는 마법 그 자체.

오직 마법밖에 모르는, 그야말로 마법사의 순수 그 자체인 사람이었다.

"그의 연구 하나가 발목을 잡았네."

"무슨 연구였지?"

"그건……."

다인이 쉽게 말을 잇지 못하고 있을 때 루인이 웃었다.

"뭐 보나 마나 알칸 제국에 해가 되는 연구였겠군. 굳이 말해 줄 필요는 없어."

"……정말 위험한 연구였네. 완성되기만 한다면 저 마도공학의 첨단이 무용지물이 될 정도로."

"마장기를?"

어느덧 다인은 갑판 위의 거대한 마장기를 바라보고 있었다.

"그것은 마장기의 카운터가 될 가능성을 지닌 위대한 아티펙트였네."

루인도 호기심이 치밀었다.

강마력 엔진으로 구동되는 마장기의 압도적인 힘에 맞설 수 있는 아티펙트라니?

　하지만 의문이 들었다.

　"그런 게 만들어진다면 오히려 알칸 입장에선 좋은 일이 아닌가? 제국의 마장기 이외엔 모두 고철 덩어리로 만들 수 있을 텐데 말이지."

　"뎀므는 이 세계의 모든 마장기들이 사라지길 바라는 마법사였네."

　"뭐? 왜지?"

　"말덱 삼촌…… 아니 그의 부모님은 오래전 마장기에 의해 희생당하셨네."

　"음……."

　"그는 내내 마장기의 오너 매지션이 되어 버린 자신을 혐오하면서 지내고 있었지."

　루인이 씁쓸하게 웃고 있었다.

　그의 바람처럼 곧 마장기가 사라진 세상이 도래할 것이다.

　마장기의 카운터, 안티 매직 와이엄.

　악제가 탄생시킨 그 저주받은 벌레가 등장한 이후로, 인류는 무기력하게 패배하기만 했다.

　인간을 모든 종족 위에 군림하는 우세종으로 만든 위대한 마도 병기.

　아무리 악제의 군단이라고 해도 그런 마장기만 건재했더

라면 전쟁의 양상은 완전히 달랐을 것이다.

악제도 그런 현실을 충분히 알기에 안티 매직 와이엄을 발명하기 전까진 움직이지 않은 것이다.

물론 이번 생도 마찬가지일 것이다.

마장기는 그만큼 악제군에게도 위험한 물건이었다.

한데, 악제가 등장하기 전의 누군가가, 그것도 인간 마법사가 그와 비슷한 아티펙트를 만들고 있었다는 사실이 기이했다.

루인은 기회가 된다면 뎀므를 만나고 싶은 마음이 들었다.

"석방일이 언제지?"

"무기한이네."

"뭐?"

아조스가(家).

분명 알칸 제국 내에서 영향력이 만만한 가문은 아니었다.

이렇게 단독으로 테아마라스의 유적을 탐험할 정도라면 마장기의 탄생에 큰 공이 있는 가문일 터.

위험한 연구로 제국을 위협했다고는 해도 공신가의 일원, 그것도 테오나츠 마탑의 입탑 마법사였다.

그런 인물을 1급 살인자와 똑같은 취급을 한다는 건 쉽게 받아들일 수 없는 일이었다.

"알칸도 망할 때가 됐나 보군. 뛰어난 인재를 그런 식으로 취급해서야."

"아직 희망을 잃진 않았네. 테오나츠의 모든 현자들이 주기적으로 탄원을 넣고 있네."

뎀므가 지하 감옥에서 결국 석방되리란 건 루인도 잘 알고 있었다.

자신이 아는 뎀므는 테오나츠 마탑의 마탑주였으니까.

테오나츠 마탑 최고의 마법사가 유클레아라면 마법사들에게 가장 존경받는 마법사는 바로 뎀므였다.

"유적엔 무슨 목적으로 가는 거지?"

"자네는 밝힐 수 있는가?"

"마도의식으로 맹세를 했는데 못 밝힐 이유는 없지."

다인의 입가에 씁쓸한 미소가 감돌았다.

"나 역시 연구를 하나 하고 있네. 평생을 바칠 만한 일이지."

"연구?"

기본적으로 테아마라스의 유적은 인간의 문명보다 상위의 지식을 구하기 위해 탐험하는 곳.

가변세계라는 장소의 특성상 마법사의 연구 활동과는 거리가 먼 환경이었다.

"마법사가 연구를 하기엔 너무 위험한 장소가 아닌가?"

"그곳이 아니면 할 수 없는 연구라서 어쩔 수가 없네."

"그러니까 무슨 연구."

루인은 아직도 자신을 믿지 못하고 있는 다인을 탐탁지 않은 눈으로 바라보고 있었다.

잠시 망설이던 다인.

하지만 루인의 강렬한 시선과 얽히자 그도 이내 포기하고 말았다.

"기억을 잃지 않은 채로 돌아오는 법. 그게 내 연구의 궁극적인 목적이라네."

루인이 깜짝 놀라며 물었다.

"그게 가능한가?"

"그래서 연구지."

르마델의 당대 현자 에기오스와는 달리 가변세계의 특성을 분명하게 인식하고 있는 다인.

적어도 유적에 관한 사실만큼은 이 테오나츠 마탑의 젊은 현자가 에이션트 드래곤인 베리앙과 비슷한 통찰력을 지니고 있다는 뜻이었다.

르마델의 마탑보다는 확실히 앞서가는 마법사들이었다.

"연구가 성공한다면 굉장한 일이 벌어지겠군."

단순히 물건을 지니고 돌아오는 것이 아닌, 유적의 지혜를 품고 귀환하는 것.

가히 가늠할 수 없는 가치의 역사로 남을 일이었다.

"자네는 무슨 목적인가?"

기이한 감정으로 이글거리던 루인의 두 눈이 다시 다인에게 향했다.

"악제라는 자의 흔적을 쫓고 있지."

"악제? 그게 누군가?"

순간 지독하게 변하는 루인의 눈빛.

"인류를 멸종시킬 자."

"멸종……?"

놀란 얼굴로 루인을 바라보던 다인.

이내 그의 입에서 흘러나온 음성에 루인은 더없이 놀라 버렸다.

"하면 그 일이 자네가 흑마법사라는 것과도 관련이 있는 건가?"

"뭐?"

방금까지 헬라게아가 소환되었던 곳을 시선으로 가리키는 다인.

"자네의 아공간에서 뿜어져 나오던 그 마력. 그건 혈우 지대의 마족들이 구사하는 고유의 혈마력이 아닌가?"

다인의 말이 떨어지기가 무섭게 주변의 모든 음파를 차단한 루인.

수인을 떨쳐 내는 루인의 눈빛에는 한없이 차가운 기운이 맴돌았다.

자신이 지닌 마법의 근원이 마계의 흑마법에 있다는 사실이 알려진다면 행동반경은 매우 좁아질 수밖에 없었다.

더구나 그 사실을 주장하는 자가 테오나츠 마탑의 현자라면 상상 이상의 파급력을 지니게 될 것이다.

루인의 무심한 음성이 이어졌다.

"마계에 대해서 아는가?"

"조금은 아네."

마력의 결과 특성만을 살피고 어떤 지대의 권속에 속해 있는지까지 알아보는 마법사다.

고대의 문헌과 기록을 연구하는 것만으로는 결코 불가능한 경지.

적어도 흑마법 자체를 직접 연구했거나 그것도 아니면 마족들을 직접 소환하여 대면했을 수도 있었다.

"왜 굳이 입을 열어 밝히는 거지?"

대개의 흑마법사들은 자신의 정체가 탄로 났을 때 후환을 남기려 들지 않는다.

모든 마탑과 학파의 끈질긴 추적을 받을 수밖에 없기 때문이다.

현자라면 분명 자신의 경지를 알아봤을 터.

자신의 말에 목숨을 걸어야 한다는 것쯤은 그도 인식하고 있을 것이다.

한데……

"하지만 정확한 권속은 가늠이 되진 않는군. 또한 진마력이라고 하기엔 이것저것 섞여 있는 듯한 느낌이고. 느껴지는 건 분명 혈우(血雨)의 기운인데 이상하게도 서풍 지대의 고야드(ЖгαСю)계에 가깝단 말이지."

바람과 뇌전의 마왕 고야드.

그는 쟈이로벨의 휘하가 아닌 서풍 지대의 군주 므드라의 휘하였다.

루인은 다인의 식견이 단순히 겉핥기 수준이 아니라는 것을 인정해야만 했다.

자신의 술식과 마력이 점차 서풍 지대의 그것과 닮아 간다는 건 스스로도 느끼고 있었던 감각.

마력 칼날을 자주 다루기 시작한 시점부터, 그리고 애초에 헤이로도스의 술식 자체가 대마신 므드라의 흑마법에 기반하고 있는 마법이었다.

좀 더 엄밀히 말하자면, 현재 루인의 마도(魔道)는 '혈우 지대'와 '서풍 지대'의 특성이 반반씩 섞여 있었다.

그러나 분명히 이런 복잡한 특성들을 백마법의 이론에 맞게 변형하여 구사하고 있었다.

지금 이 테오나츠의 마탑의 현자는 그런 종합적인 측면을 정확하게 꿰뚫어 보고 있는 것이다.

이 모든 것으로 알 수 있는 건 단 하나.

"흑마법사군. 누굴 받아들였지?"

이건 결코 오랜 연구로 가능한 감각이 아니었다.

스스로 흑마법사가 아니라면 도저히 설명될 수 없는 상황.

ㅊㅊㅊㅊㅊㅊㅊ-

음울하고 불길한 살기.

다인의 정수리로부터 점액처럼 끈적한 기운이 뿜어져 나와 공간을 잠식하던 그 순간.

루인이 급하게 시야 왜곡 술식을 주변으로 둘렀다.

자신의 앞에 현신한 존재와 묵묵히 시선을 교환하는 루인.

마족답지 않는 깔끔하고 미려한 얼굴.

투명하지만 빛에 의해 반짝이는 화려한 날개.

하늘을 향해 기묘한 형태로 굽이치고 있는 잔혹한 창.

존재력이 부족한 마족들, 즉 마왕 이하의 존재들은 자신의 완전한 모습을 인간계에 현신할 수 없었다.

한데도 그의 외모가 흉측한 부정형(不定形)이 아니라는 것.

그가 최소 마왕급 이상이라는 뜻이었다.

어느덧 루인은 씨익 하고 웃고 있었다.

"이거 영광이군. 소문의 베바토우라를 직접 영접하게 될 줄이야."

쟈이로벨에게 발푸르카스가 있다면 대마신 므드라에겐 베바토우라가 있었다.

대마왕 베바토우라(ϝʊӟ卞Ӝɞ).

므드라의 최초 업적부터 함께했던 서풍 지대의 전설적인 대마왕.

루인은 저 미려하고 화려한 외모 뒤에 감추고 있는 대마왕의 끈적한 욕망을 여실히 느낄 수 있었다.

그는 파괴와 아름다움이라는 각기 상반되는 관념을 동시에 추구하는 괴팍한 마왕.

루인이 다인을 쳐다봤다.

"이건 무슨 뜻이지?"

굳이 자신과 계약한 마왕을 드러냈다는 것.

"목숨을 걸 만하지 않은가. 더욱이 마도의식을 함께한 사이고. 나로서도 그만큼 자네가 궁금하니까."

테오나츠 마탑의 현자가 흑마법사였다는 것이 밝혀진다면 세상이 뒤집어질 일.

마법사로서의 생명을 걸고 도박을 벌일 정도로 자신의 정체가 궁금하다는 뜻이었다.

이어 특유의 무표정한 얼굴로 대답하는 루인.

"나는 계약자가 아니다."

〈허튼소리!〉

대마왕 베바토우라의 두 눈에서 서풍 지대 권속 특유의 푸른빛이 일렁였다.

〈놈들과 그 오랜 세월 대전을 겪었는데 내가 혈우 놈들의 역겨운 기운을 쉽게 놓칠 것 같으냐?〉

피식 웃는 루인.

"직접 살펴봐도 좋다."

〈흥!〉

말이 떨어지기가 무섭게 베바토우라의 막강한 진마력이
루인의 내부로 침투했다.

막강한 대마왕의 진마력이 온몸을 헤집고 있었지만 루인
은 미동조차 하지 않았다.

〈뭐지……?〉

당혹한 기색이 역력한 베바토우라의 얼굴.

과연 저 건방진 인간의 말대로 인간의 몸 어디에도 오드
(Ord)가 없었다.

지배자와 계약자 간의 약속의 증표인 오드.

그런 오드가 없다는 건 놈의 영혼이 누군가에게 귀속되어
있지 않다는 가장 강력한 증거였다.

순간 루인이 염동력을 일으켜 베바토우라의 진마력을 모
조리 밀어낸다.

〈컥!〉

절로 신음이 터져 나올 정도의 강력한 반탄력.

베바토우라는 믿을 수가 없었다.

순식간에 자신을 집어삼키며 튕겨 낸 저 기운.

그것은 인간의 것이라기엔 너무나 아득하고 폭급한 힘이었다.

순수한 염동력 그 자체.

분명 서풍 지대의 제2인자이자 대마왕이라 불리고 있는 자신의 염동력을 아득히 상회하고 있었다.

이게 말이나 되나?

염동력은 마력과는 결이 다른 힘.

마력이라면 재능이나 노력에 따라 비정상적인 위력을 발휘하는 것이 가능하지만 염동력은 영혼이 살아온 세월만큼 정확히 비례하는 힘이었다.

필멸자인 인간으로서는 결코 마왕을 따라잡을 수 없는 벽인 것이다.

〈인간! 무슨 술수를 부린 것이냐!〉

"시끄럽고."

루인이 다시 다인을 쳐다본다.

"현자급이나 되는 마법사가 어째서 유혹에 물든 거지? 계약의 대가는 아무렇지도 않다는 건가?"

마왕급 이상의 마족과 계약한다는 건 영적으로 노예나 다름없는 종속의 사후 세월을 살아간다는 의미.

입탑 마법사, 그것도 현자의 경지를 이룩한 마법사가 마왕과 계약한다는 건 상당히 특이한 일이었다.

흑마법에 빠진 대부분의 인간들은 막다른 길에 몰린 상황에서 유혹을 감당하기 때문.

한데, 대체 마법사로서 모든 것을 이룬 다인을 무슨 수로 유혹했단 말인가?

"우리 계약은 좀 특별하지. 동등하다고 할까?"

"풉? 동등?"

너무 어처구니가 없어서 헛웃음이 나와 버린 루인.

마족들의 광기 어린 욕망을 누구보다 잘 아는 루인으로서는 절로 코웃음이 치미는 헛소리였다.

"보나 마나 당신이 원한 건 마계의 지식이겠고."

마법사의 갈증이라면 뻔하다.

지혜를 향한 갈망, 혹은 경지를 향한 집착.

"그가 원한 건 추적이었네. 자신의 임무를 도울 인간을 찾고 있었지."

대충 짐작을 마친 루인이 예의 비틀린 입매로 웃고 있었다.

"혈우 지대의 권속을 추적하는 게 그 임무인가? 그렇다면 이렇게 무리하게 강림체를 현신한 것이 한편으론 이해가 되는군."

놈이 추적자라면 혈우의 기운을 물씬 풍기고 있는 인간을 발견했으니 참을 수 없었을 터.

비록 패배하긴 했지만 쟈이로벨의 혈우 지대는 결코 만만한 세력이 아니었다.

"보통 마계대전에서 패배한 측은 다시 힘을 기르기 위해 인간계로 숨어든다고 하네. 전쟁의 당사자라면 그런 후환을 제거하고 싶은 마음이야 당연한 이치겠지."

"그래서?"

루인은 자신의 영혼 깊은 곳에 숨어든 아므카토가 두려움에 떨고 있다는 것이 느껴졌다.

막판에 자신이 염동력으로 떨쳐 내지 않았더라면 자칫 베바토우라가 아므카토를 발견했을 수도 있었다.

이제 막 혈우 지대의 권속이 된 아므카토의 입장에서는 조금 억울할 것이다.

불과 얼마 전까지만 해도 광염 지대의 에오세카타의 권속이었으니까.

서풍 지대와 광염 지대는 우호적인 관계까진 아니지만 그렇다고 적대 관계는 더더욱 아니었다.

"내 모든 것을 보고도 굳이 숨기는 이유를 알 순 없지만 자네의 뜻이 정 그렇다면 존중하겠네. 시간이 답이겠지."

고작 한 번 본 것만으로 베바토우라의 정체를 꿰뚫어 보는 마법사가 백마법사일 리가 없었다.

"시간이 답이 아닐 때도 많아."

혹암의 공포는 의심이 많은 대마도사.

어쨌든 타국의 현자인 그에게 자신의 패를 모두 보여 주는
건 위험한 일이었다.

더욱이 그와 계약한 마족이 므드라의 휘하라는 건 더더욱
위험했다.

만에 하나 베바토우라가 자신에게서 쟈이로벨의 흔적을
발견했다면?

그 지독한 적개심을 생각한다면 강림체의 봉인을 풀 수도
있는 일이었다.

마신 쟈이로벨의 소멸이라면 대마왕도 목숨을 걸어 볼 만
한 일인 것이다.

그런 일이 벌어지는 경우 지금의 경지로는 감당할 수가 없
었다.

강림체의 굴레를 벗어던진 대마왕은 일시적이지만 마계에
서의 경지를 고스란히 발휘할 수 있었다.

지독하고 차가운 눈빛으로 루인을 죽일 듯이 노려보던 베
바토우라가 이내 시퍼런 기운을 뿌리며 다시 다인의 몸속으
로 들어갔다.

여전히 루인을 향한 의심을 풀지 않은 건 대마왕도 마찬가
지였다.

루인은 왠지 이 다인이라는 마법사와 질긴 인연이 될 것 같

다는 예감이 들었다.

뎀브부터 베바토우라까지……

다인은 자신의 운명과 사연에 너무 많은 것이 얽혀 있었다.

◆ ◈ ◆

"아, 알칸 제국의 현자님이시라고?"

"……테오나츠 마탑!"

다인의 엄청난 출신에 생도들은 하나같이 입을 다물지 못했다.

대체 테오나츠 마탑의 현자라니!

물론 그 마음들에 호감이나 경외의 감정만이 깃든 것은 아니었다.

다인이 긴장으로 가득한 생도들을 흐뭇한 표정으로 바라본다.

"그런 눈빛들 말게. 알칸 제국의 마법사라고 해서 다 뿔 달린 마법사는 아니니까."

다른 국가들이 알칸 제국에 대해 어떻게 가르치는지를 누구보다 잘 알고 있는 다인이었다.

현자의 정체를 밝혔음에도 진득한 적의로 물든 저 어린 눈빛들이 바로 그 증거였다.

"정말 놀랍기 짝이 없군. 자네들처럼 어린 오너 매지션들은 정말이지 처음 보네. 르마델을 정말 다시 보게 되는군."

루인이 무신경한 얼굴로 다인을 응시했다.

"왜 다른 함선들을 모두 후방으로 물리라고 한 거지?"

쾌속하게 항해에 돌입한 지 닷새째가 되던 날.

갑자기 다인은 항해의 중단을 요구하며 모든 함선들을 후방에 대기시키라고 조언했다.

"모두 위험을 겪을 필요는 없으니까."

"위험?"

다인이 테오나츠 마탑 특유의 고아한 영창을 맺으며 마법 워치를 소환했다.

"시간이 거의 다 되어 가는군."

그의 말이 떨어지기가 무섭게.

-뭔가가 보입니다! 유, 육지? 아, 아니 육지가 아닌 것 같습…… 저게 뭐지?

파수꾼의 다급한 외침 소리에 모두의 시선이 전방으로 향했다.

루인의 시야에 차오른 것은 둥근 형태의 칙칙한 무엇이었다.

마치 작은 섬 같은.

하지만 가까이 다가갈수록 그것은 땅이 아니라 바다 위에 반쯤 드러난 차가운 금속성의 구체로 보였다.

망망대해 한복판에 자리 잡고 있는 둥근 형태의 구.

그렇게 루인이 바다 위에 반쯤 드러난 구체를 바라보다 다인에게 물었다.

"저게 뭐지?"

"신상의 머리네."

"머리?"

과연 다인의 설명처럼 자세히 살펴보니 머리칼을 표현한 음각들이 눈에 들어왔다.

그러나 드러난 것이 고작 머리의 최상단일 뿐이라서 신상의 정체에 대해서는 알 수가 없었다.

"어떤 신의 신상이지?"

"모르네. 지금 중요한 건 그게 아니지."

다인의 눈빛이 심연처럼 가라앉았다.

"지금부터는 목숨을 걸어야 할 것이네. 아예 이 배도 후방으로 물리는 게 낫겠군. 나는 플라이로 접근이 가능한데 자네들은 어떤가?"

루인이 헬라게아를 소환해 흉측한 꼬리를 꺼냈다.

"그건 설마 혼돈마의 꼬리?"

"보시는 대로."

다인이 혀를 내둘렀다.

"세상에 그 강력한 마수를 사냥하는 존재가 있을 줄이야."

촤아아악-

꼬리의 피를 털어 낸 루인이 예의 비틀린 입매로 웃었다.

"자, 이제 뭘 해야 하지?"

대답 없이 전방만 응시하고 있는 다인.

루인이 그의 시선을 좇아 다시 신상의 머리를 바라보았다.

확실한 것은 신상의 머리가 떠 있는 이 대양의 한복판이 마탑주 에기오스가 넘겨준 좌표와는 전혀 다른 장소라는 것.

그 말은 둘 중에 하나였다.

여기가 유적으로 향하는 입구가 아니거나 르마델이 보유하고 있는 유적의 좌표가 틀렸거나.

그때 루인이 긴장하는 눈빛으로 생도들을 돌아봤다.

신상의 머리에서 희미한 마력의 파동이 느껴졌기 때문이었다.

"모두 내 뒤로. 언제든지 마법을 시전할 수 있도록 정신을 모아라."

"아, 알겠다!"

"네! 루인 님!"

생도들이 루인의 뒤편으로 움직여 재빠르게 자리를 잡았다.

시론과 다프네가 좌우를, 리리아와 세베론이 각자의 측후방에서 수인을 맺고 있었다.

이미 무투대회의 연습을 통해 오랜 시간 손발을 맞춰 왔기에 일체의 군더더기조차 없는 모습이었다.

하지만 루이즈.

신상의 머리에 시선을 고정시킨 채 미동도 하지 않고 있는 그녀를 루인이 무심하게 쳐다봤다.

"뭐 하는 거냐 루이즈. 어서 뒤로 빠져라."

〈잠깐만요.〉

루이즈가 특유의 절대 언령을 맺자 고아한 마력의 파동이 일어나 전방을 추적했다.

〈**처음엔 골렘 같은 가디언의 한 종류라 생각했어요. 하지만 이건…….**〉

루인이 고개를 끄덕였다.

"고작 가디언이 뿜어내는 마력은 아니지."

종속의 계약을 맺은 가디언이 발휘하는 마력은 매우 작위적인 파동을 지닌다.

시전자의 사고, 즉 염(念)을 통해 발휘되는 마력이 아니라 새겨진 술식의 기전에 따라 정해진 대로만 마력을 발휘하기 때문.

한데 지금 저 신상이 내뿜고 있는 마력은 마치 살아 있는 생명체의 느낌이 들었다.

사고하는 힘, 염동.

분명 명확한 의지가 담긴 마력.

그리고 그 의지는…….

'적의(敵意).'

루인은 온몸으로 번져 가는 불길하고 꺼림칙한 감각에 한 껏 긴장했다.

"테오나즈의 현자. 이쪽도 뭘 알아야 대비할 것 아니야?"

루인의 짜증 섞인 질문에 다인은 희미하게 웃었다.

"걱정 말게. 우린 모두 인간이 아닌가."

"인간……?"

"이유는 알 수 없지만 이 유적은 인간이 아닌 존재들을 배 척하지. 유적은 지금 우리를 탐색하고 있네."

이 과정이 이렇게 빨리 다가올지는 루인도 예상하지 못했다.

아무리 지고의 존재라도 인간이 아닌 존재는 유적을 탐험 할 수 없다는 것.

그 사실은 다름 아닌 비세울리스가 전해 준 정보였다.

자신의 예측처럼 생도들 중에 창세룡 카알라고스의 유희 체가 있다면 이번 기회에 그 정체를 밝힐 수 있을 거라는 생 각은 하고 있었다.

슬며시 뒤돌아서서 생도들을 바라보는 루인.

다들 한껏 긴장하고만 있을 뿐 특별한 반응은 없었다.

그때 란시스와 제디앙이 갑판 아래로 내려왔다.

"네 말대로 선원들을 모두 선실에 복귀시켰다! 이젠 뭘 하면 되…… 응?"

어느덧 가까워진 거리 탓에 거대해진 신상의 머리.

"저, 저게 뭐지?"

"조용. 너희들도 내 뒤로 물러가라."

바로 그 순간.

풀썩.

"루, 루인!"

"루인 님!"

갑자기 쓰러져 버린 루인에게 다가가 황급히 살펴보는 다인.

"이건……"

다인이 생도들을 향해 시선을 옮겼다.

"혹 이 하이베른가의 대공자는…….."

생도들이 꿀꺽하고 침을 삼키고 있을 때.

"인간이 아니었는가?"

"그, 그게 무슨……?"

황당하게 굳어져 버린 시론.

모두가 휘둥그레 뜬 눈으로 멍하니 신상의 머리를 바라보고 있었다.

빛도 암흑도 없는 철저한 무(無)의 공간.

모든 감각의 사멸.

시야마저 분해되어 절로 끓어오르는 공포.

이 익숙하고 더러운 부유감까지 완벽하다.

확실했다.

이곳은 자신이 만 년 이상 겪어 온 공허(空虛)와 완벽하게 동일한 장소였다.

그토록 몸부림치며 도망쳐 온 장소가 결국은 또 이곳이라니.

그렇게 루인이 허탈하게 자조하고 있을 때 누군가의 목소리가 들려왔다.

-그대는 어떤 존재인가?

그것은 인간의 어떤 언어 체계에도 속해 있지 않은 미지의 언어.

그러나 그 뜻만큼은 정확히 루인의 영혼을 파고들고 있었다.

〈그전에 당신부터.〉

-이름 없는 존재에게 이름을 묻는다는 건 한없이 어리
석은 모순.

 -인간이되 인간이 아닌 자여, 우리 모두를 혼란에 빠뜨
린 미지의 존재여.

 -그대는 정말 인간인가?

목소리, 즉 영언(靈言)들은 다채로웠다.

한 명이 아니라는 뜻.

루인은 자신에 대해 의구심을 품고 있는 미지의 존재들을
조소했다.

 〈자신의 근원조차 모르는 자들이 인간임을 판단하는 오
만이라.〉

고작 인간임을 판별하기 위해 저토록 혼란스러워하는 꼴
을 보고 있자니 루인은 가소롭기 짝이 없었다.

어쨌든 이것으로 신상에 깃들어 있던 미지의 존재들이라
는 것을 확정할 수 있었다.

저주받은 차원의 틈, 공허.

의지만으로 단숨에 자신을 이 저주받을 공간에 소환할 수
있는 존재.

태초신 혹은 절대악, 전성기 시절의 악제 외에는 결코 불가

능한 영역의 권능이었다.

　루인은 어렵지 않게 상대의 정체를 유추할 수 있었다.

　세상 어딘가에 남아 있는 태초신의 사념들.

　고작 태초신의 흔적에 불과한 존재들이 이렇게 쉽게 인간
의 영혼을 공허로 소환할 수 있다니…….

　태초신의 가공할 본래의 권능이 상상조차 되지 않는다.

　〈왜 내가 인간이 아니란 거지?〉

　한동안 침묵하던 존재들.

　-인간이되 인간이 아닌 모순된 존재. 그대는 대우주 어
디에도 존재하지 않은 희귀한 영혼을 지니고 있다.

　-인간의 미약한 영품(靈品), 그러나 대조적인 드높은 영
질(靈質).

　-타고났으나 그 격은 한없이 모순된다. 그대는 우리의
판단 영역을 벗어났다.

　-확실하다. 그자 이후로 처음이다.

　〈그자?〉

　태초신의 파편들이 이름으로 지칭하진 않았지만 루인은

40　하이페론가의
　　　대공자　10

본능적으로 알 수 있었다.

그가 테아마라스, 즉 악제라는 것을.

순간 루인이 강력한 영력을 드러냈다.

〈이미 들여보낸 선례가 있다면 굳이 나를 막을 이유는 없지 않나? 당신 같은 존재들이 공의로움을 부정할 것 같진 않은데.〉

-그는 죄악을 낳았다.
-그것은 우리의 실수였다.
-같은 실수를 반복할 순 없다.

태초신의 영격을 닮은 파편들이 섭리, 즉 질서를 부정할 순 없을 것이다.

루인은 더욱 강하게 그들을 몰아붙였다.

〈나는 그대들이 경험한 인간과는 명확하게 다른 영혼의 인간. 그에게 선택의 기회가 주어졌다면 내게도 주어짐이 마땅하다. 두려워 이를 부정한다는 건 명백한 궤변이다.〉

한동안 침묵하는 미지의 존재들.

루인의 주장은 그만큼 합리에 가까웠다.

그런 모순점이 바로 이곳에 루인의 영혼을 소환한 이유이
기도 했다.

〈거래를 제안한다.〉

그 순간 거대하고 폭급한 영력들이 루인의 영혼을 집어삼
킬 듯이 짓쳐 왔다.
불쾌한 기색이 역력한 반응이었다.

-지키는 자는 거래하지 않는다!
-인간에게 재물 이외의 대가를 받는 건 지고의 수치다!

태초신의 파편들답게 제법 고고했으나 대마도사는 결코
가벼운 제안을 하지 않았다.

〈해방.〉

상대를 협상의 테이블로 끌어들이는 가장 좋은 수단은 도
저히 거부할 수 없는 제안을 먼저 들이미는 것.

**〈난 그대들로 하여금 이 지독한 억겁의 임무에서 해방시
켜 줄 수 있다. 그대들이 원래의 격으로 돌아갈 수 있도록 최**

선을 다해 돕겠다.〉

   의식을 지닌 모든 사념들의 공통점.

   루인은 본래의 자아를 회복하고 싶어 하는 사념들의 강한 열망을 잘 알고 있었다.

   악제의 사념 공격을 막아 내기 위해 누구보다 지독하게 정신계를 탐구해 온 마법사가 바로 루인이었다.

   -사역은 불가역적이다!

   -모순이다! 지키는 자가 사역을 저버릴 순 없다!

   -우리의 사역은 영원히 이어지도록 설계되어 있다!

   자신들의 임무를 스스로 사역(使役)이라 칭할 정도로 태초 신에 의해 완벽하게 설계된 사념들.

   이 장소를 얼마나 지키고 싶어 하는지 그의 의지를 여실히 느낄 수 있을 정도였다.

   물론 루인은 멈추지 않았다.

   〈테아마라스! 그 비열한 악제 놈이 이곳에 어떤 모순과 재앙을 일으켰는지는 알지 못한다! 하지만 그대들은 나를 그와 비슷하게 평가하고 있지 않은가?〉

   〈만약 내 역량이 그대들의 실수를 만회할 정도로 대단하

다면 훗날 지금의 결정을 한없이 돌이키고 싶을 것이다! 그대 들은 정말로 내 추방의 근거를 확신할 수 있는가?>

확신할 수 없었기에 굳이 이곳으로 소환한 것이다.

그러나 이들의 입장에서 인간은 한낱 피조물일 뿐.

결코 고귀한 약속의 당사자가 될 순 없었다.

-인간의 격으론 우리와 다짐을 맺을 수 없다.

-형용모순이다. 인간과의 약속은 우리의 격과 합치되지 않는다.

순간.

만 년 이상을 공허에서 보낸 대마도사의 영적 자아가 무한 대로 증식하기 시작했다.

아득하고 거대한 힘, 그 순수한 영혼의 거력에 태초신의 사 념들도 더없이 놀라고 있었다.

공허 전부를 집어삼킬 것만 대마도사의 영력.

루인이 그런 기세를 자유롭게 떨치다가 다시 말했다.

<아니, 우리의 격은 합치한다. 그대들의 말대로 나는 인간 이되 인간이 아닌 존재니까.>

쐐기를 박는 루인.

〈루인 사드하 윌켄 드 베른. 내 모든 영혼을 걸고 그대들에게 맹세한다. 그대들이 지키고자 하는 곳의 모든 모순과 재앙을 해결하겠다. 공의롭게 날 들여보내라!〉

그 순간.

터어어어엉-

영혼을 울리는 강력한 충격파와 함께 벌레왕 아므카토의 영혼이 루인에게서 떨어져 나왔다.

루인은 아득한 공허의 저편으로 그가 사라져 가는 것을 희미하게 느꼈다.

-허락한다. 모순된 인간이여.

화아아아악!

급격하게 시야가 되돌아왔고.

이내 어지럽게 몽글거리는 시론의 얼굴이 보였다.

머리를 흔들던 루인이 가까스로 일어나 저 멀리 아므카토의 영혼이 사라진 방향을 응시하고 있었다.

다인이 경악한 감정을 숨기지 못하며 물었다.

"설마 자네…… 인간이 아니었는가?"

이런 상황이 오면 창세룡의 정체를 숨아 낼 수 있을 줄로만 알았다.

한데 정작 자신이 인간임을 의심받는 상황이 닥칠 줄이야.

루인의 입가가 허탈한 웃음을 그려 냈다.

"잠시 의심받은 것뿐이다."

"의심?"

시론이 두 눈을 휘둥그레 떴다.

"설마 저 신상에게 인간임을 의심받은 거야?"

피식 웃는 리리아.

"그럴 만도 하지. 나도 조금은 의심하는 마음이 있기도 했고."

루인이 무뚝뚝한 표정으로 생도들을 번갈아 응시했다.

"정말 너희들 중에는 창세룡이 없는 건가?"

"그건 또 무슨 소리죠?"

루인은 비셰울리스에게 들었던 사실들을 간단하게 설명했다.

다프네가 어처구니없다는 표정으로 루인을 바라봤다.

"세상에 지금 누가 누굴……!"

애초부터 루인을 드래곤으로 의심했던 건 다프네 그 자신.

한데 그 반대로 루인이 자신을 의심하고 있었으니 기가 찰 만도 한 것이다.

"와 씨! 그럼 우리 중에 드래곤이 있을 거라고 은근히 의심하고 있었던 거네?"

"내 가까운 곳이라면 너희들이 전부니까."

"아니 다른 생도들도 있고! 학부장님도 있고! 현자님도 있고! 게다가 어? 하이베른가도 있고! 세상에 어떻게 우릴 의심했던 거지?"

그때, 란시스가 고함쳤다.

"잠깐! 뭔가가 해수면 위로 솟아오르고 있다!"

진중하게 고개를 끄덕이는 다인.

"일단 1차 관문은 무사통과군."

이윽고 바다 위로 드러난 거대한 손바닥.

루인이 신비한 마력에 반짝이고 있는 신상의 손을 무심히 쳐다보고 있었다.

Chapter, 68

질척한 바닷물이 발목까지 잠겨 있었다.

신상의 손바닥 위에 올라선 이들의 면면을 천천히 살펴보는 루인.

시론, 세베론, 리리아, 다프네, 루이즈.

다인, 란시스, 그리고 자신.

이곳에서 제디앙의 함대가 정박 대기할 수 있는 기한은 대략 한 달이었다.

마장기가 없는 이상 그들이 동쪽 대륙으로 향하는 수단은 미리 설치해 둔 마법진으로 제한된 상황.

가공한 마정석을 넉넉하게 두고 오긴 했지만 마법사도 아닌 제디앙이 마법진에 제대로 장착할 수 있을지도 미지수였다.

제디앙도 나름대로 도박인 것이다.

루인이 선수의 갑판 위에 서 있는 제디앙을 향해 고개를 끄덕여 주었다.

제디앙이 강렬한 눈빛으로 화답하고 있을 때 다인의 목소리가 들려왔다.

"다들 준비는 끝났는가?"

그런 다인을 노려보는 루인.

"당신은 너무 불친절하군."

성격이 그런 건지 아니면 일부러 그러는 건지 알 수는 없지만 이 테오나츠 마탑의 현자는 앞으로 일어날 일에 대해서는 항상 언급이 없었다.

"무슨 일이 일어날지를 알아야 대비라도 하죠!"

시론조차 퉁명스럽게 굴자 다인이 씨익 하고 웃었다.

"이 단계에선 별달리 대비할 게 없네. 가면서 설명하지."

그때.

쏴아아아아아~

바닷물이 폭포수처럼 쏟아진다.

거대한 신상의 상체가 갑자기 해수면 위로 올라온 것이다.

생각보다 더욱 거대한 신상의 크기에 깜짝 놀라고 있는 생도들.

어느덧 까마득하게 변해 버린 아래의 해역을 바라보며 다프네가 움츠러들었다.

"지금까지 신상은 앉아 있었던 건가요?"

바람 한 점 일렁이지 않는 무한해의 특성으로 인해 얼마나 높은 곳에 올라온 건지 세베론은 실감이 나지 않았다.

"수백 미터는 족히 넘는 것 같은데……? 앗!"

끼이이익-

추르르르-

기이한 관절 소리와 함께 신상이 걷기 시작했다.

신상이 한 발씩 걸을 때마다 거대한 파도가 일어나며 바다가 갈라졌다.

촤아아아아-

"와……!"

이 거대한 신상이 움직이는 것도 신기했지만 별다른 반응 없이 눈을 감고 있는 루인이 더욱 괴물 같았다.

그렇게 벌써 이미지에 빠져든 루인을 시론이 어처구니없다는 듯이 바라보고 있을 때.

< 입구가 깊은 수중에 있으면 어쩌나 걱정했는데 생각보다 무한해의 깊이가 얕았군요. >

"그러게요. 천만다행이에요."

쏴아아아아-

거대한 신상의 걸음걸음마다 바다가 갈라지는 광경은 가히 장관이었다.

다인이 신상의 손바닥에 조심스레 앉았다.

"꽤 긴 여행이 될 것이네. 자네들도 앉아서 좀 쉬게."

세베론이 물었다.

"이대로 얼마나 더 가야 합니까?"

"보름 정도."

"예……?"

"뭐라고요?"

아니 이 쉴 새 없이 덜컹거리는 손바닥 위에서 자그마치 보름씩이나 견디라고?

중심을 잡고 서 있는 것만으로도 미칠 듯한 피곤이 밀려오는데?

"그리고 되도록 마법을 삼가게. 신상은 눈에 띄는 행동을 그다지 좋아하지 않으니까. 특히 밤에 춥다고 불을 지피는 행동은 반드시 피해야 하네."

쏴아아아아아아!

쿵!

조금 깊은 해역을 밟았는지 거대한 신상이 우측으로 심하게 기울어졌다.

생도들이 혼비백산하며 신상의 손가락에 매달렸다.

"흐억!"

"홉!"

리리아가 본능적으로 중력 역전 마법으로 균형을 잡으려고 하자 다인이 급하게 그녀의 마법을 방해하며 디스펠을 완성했다.

기기기긱-

거대한 신상의 머리가 기이한 각도로 비틀린다.

강력한 마력으로 빛나고 있는 신상의 차가운 눈이 리리아를 노려보고 있었다.

"분명 삼가라고 했네만!"

그건 분명한 살기.

리리아가 창백해진 얼굴로 수인을 풀었다.

"죄송합니다."

몸에 배어 있는 마법을 한순간에 끊어 낸다는 건 결코 쉬운 일이 아니었다.

여전히 눈을 감고 있는 루인의 목소리가 들려왔다.

"경고하지. 테오나츠의 현자."

"……경고?"

번쩍!

"또 한 번 내 동료들에게 디스펠 따위를 펼쳤다간 친히 당신의 목숨을 거둬 갈 것이다. 또한."

"……."

"태도를 똑바로 해라 현자. 무슨 꿍꿍이인지 몰라도 계속 이렇게 비밀스럽게 굴 거면 당신과의 맹세와 합의는 모두 없던 것으로 하겠다."

"마도의식을 뒤집겠단 말인가?"

마법사에게 있어서 마도의식은 매우 각별하고 신성한 것.

"마도의식의 반대 저울추에 동료들의 목숨이 매달려 있는 거라면 기꺼이."

"……."

자신을 차갑게 노려보고 있는 하이베른가의 대공자.

그의 눈빛에는 한없는 진심이 담겨 있었다. 그야말로 단 한 치의 망설임조차 느껴지지 않는 것이다.

"유념하겠네. 하지만 불필요한 오해가 있군. 나는 방금 저 젊은 소녀의 목숨을 살린 것이네."

"이 바보 같은 손바닥에 오르기 전에 미리 알려 줬다면 충분히 막을 수 있는 일이었지."

유적에 입장한 후.

이 알칸 제국의 현자가 생도들을 방패막이로 삼고 자신의 생존을 도모하려 든다면 루인은 결코 용서할 생각이 없었다.

그러나 다인은 다인 나름대로 처절하게 생존을 강구하고 있는 중이었다.

어린 소년들이었지만 전원이 마장기로 무장하고 있는 오너 매지션.

게다가 저 하이베른가의 대공자는 최소 현자급의 마법사

였고, 무엇보다 현자인 자신의 안목으로도 그의 숨은 역량을 모두 가늠할 수 없는 상황이었다.

계약자, 즉 흑마법사가 아니면서도 마계에 대한 지식은 자신을 압도한다.

최소 마왕급 마족이 제작한 것으로 예측되는 아공간에서 아무렇지도 않게 절대 마수 혼돈마의 꼬리까지 꺼낸다.

아무리 현자라고 해도 자신은 혼자였고, 정보의 우위마저 없다면 언제든지 난관에 봉착할 수 있는 위험한 상황인 것이다.

비록 어리지만 전원이 르마델의 마법사들.

평소 알칸 제국을 증오해 온 그들이 한순간에 입장을 바꾼다면 달리 막을 방법이 없었다.

그때를 위해 자신은 언제나 쓸모 있는 사람이어야만 했다.

"나로서는 알려 줄 건 다 알려 줬다고 생각하네. 앞으로 마법만 조심하면 큰 문제는 생기지 않을 걸세."

다인이 말을 마치고 홱 하고 돌아앉더니 명상에 빠져 버렸다.

그렇게 몇 시간이 지나자 조금은 느슨해진 긴장에 생도들끼리 자유롭게 대화하기 시작했다.

"지금쯤 남부는 어떻게 돌아가고 있을까?"

"정신이 하나도 없겠죠. 그만한 물량의 마정이 시장에 풀려 버린 상황에서는 대책이고 뭐고 무의미할 거예요."

시론과 다프네의 대화에 루이즈가 끼어들었다.

〈결국엔 대규모로 시장에 풀린 마정의 출처가 루인 님의 하이베른가라는 걸 알아내겠죠?〉

"대신들 앞에서 마정 광산 운운해 버린 건 루인 님이니까요."

"뭐, 알긴 알겠지만 어쩌겠어? 다른 곳도 아닌 하이베른가 인데. 기수가의 위세 앞에서 겁 없이 문제를 제기할 수 있는 가문이 얼마나 있을까? 하이렌시아가가 아니면 불가능한 일이지."

"하지만 그것도 어려울 거야. 하이렌시아가가 문제를 제기한다는 건 마정 광산의 존재를 인정한다는 뜻인데 그 후에 일어날 일이야 뻔하지."

마정 광산.

세상에 존재하는 어떤 자원보다도 고귀한 마력 금속.

보나 마나 모든 길드와 가문들이 북부로 터를 옮길 것이다. 광산에서 떨어지는 마정석 부스러기라도 주워 먹기 위해서.

결국 남부는 서서히 힘을 잃고 말라 갈 터.

그러므로 하이렌시아가는 절대로 광산의 존재를 인정하려 들지 않을 것이다.

시론이 입맛을 다시다 루인을 바라봤다.

"도대체 목적이 뭐야?"

어느덧 대양의 밤하늘에 펼쳐진 광활한 은하수.

루인이 눈을 뜨자 수천, 수만 개의 별들이 그의 동공 안에서 반짝였다.

촤아아아아~

"마정은 자원으로서 의미를 잃겠지. 결국 기득권은 무너진다. 반대로 많은 이들에겐 더없는 축복이 펼쳐지지."

루인이 로브를 뒤져 마정석 하나를 꺼냈다.

"르마델의 공중 부유석, 게드리아의 관성 감응석, 올칸도의 가속 열화석, 알칸의 강마력 엔진…… 형태는 조금씩 다르지만 지금의 마법 문명은 고작 이것을 술식의 연료로 사용하는 데 그친다."

유사 이래 가장 찬란한 마법 문명을 꽃피우고 있는 지금의 시대를 루인은 '고작'이라 폄하하고 있었다.

루이즈의 영언이 들려왔다.

〈루인 님은 폐해라고 보고 있는 건가요?〉

"마정을 선점하고 있는 집단은 소수의 지성이다. 명백한 폐해지. 그래서 나는 다른 가능성을 연 것이다."

생도들은 선뜻 이해할 수 없었다.

그 소수의 지성이 바로 다름 아닌 세계 각국의 마탑들.

마정석이 일반인들에게 의미 없이 활용되는 것보다야 불세출의 천재들이 모인 마탑에서 연구하는 편이 훨씬 효율적인 건 자명한 일이었다.

"고작 술식의 연료로 쓰이는 수준에 그치는 것이 아니라 전혀 다른 쓰임새가 반드시 있을 거다. 발견이라는 건 많은 이들에게 기회가 주어졌을 때 찾아오는 거지 소수가 지식과 이익을 선점하는 상황에서는 그 가능성이 현저하게 낮아진다."

침묵하던 다프네가 물었다.

"정말 평범한 사람들이 그런 발견을 해낼 수 있을까요?"

마탑의 지혜로운 마법사들이 밤낮으로 연구하여 겨우 완성한 각국의 초고위 아티펙트들.

한데 마법도 모르는 자들이 그들보다 더욱 뛰어난 업적을 이뤄 낼 것이다?

생도들로서는 그런 루인의 믿음이 이상하게 느껴질 수밖에 없었다.

"충분히."

그것은 인류의 마지막까지 함께한 대마도사의 흔들림 없는 믿음이었다.

과연 검성이나 성녀 같은 영웅들이 인류의 전부라고 말할 수 있을까?

절대.

절체절명의 위기 상황에서 평범한 병사들이 행했던 기적을 지금도 루인은 선명히 기억하고 있었다.

평범한 병사 제롬이 죽었을 때, 검성은 그답지 않게 눈물을 흘리며 고통스러워했다.

그가 발견한 새로운 지도 제작법이 인류 진영의 역량을 얼마나 혁명적으로 바꿔 놓았는지 검성도 잘 알고 있었기 때문.

생각해 보면 그리 대단한 발견도 아니었다.

제롬이 한 것은 그저 평범한 지형도를 입체적으로 표현할 수 있는 간단한 음영과 별도의 색인을 추가한 것뿐이었다.

한데도 지휘 일선에서는 혁명이 일어났다.

지형을 표현하던 온갖 복잡한 기호와 부호들이 삭제되고 직관적으로 지도에 표현되자 지휘관들의 작전 수행 능력이 비약적으로 향상된 것이다.

하달된 전술을 이해하는 데 사흘씩 걸리던 지휘관들이 지도를 보자마자 즉각적으로 이해하고 작전 실행에 나섰던 것.

문득 루인도 제롬의 웃는 모습이 떠올랐다.

"지혜의 문이란 어떤 상황에서도 항상 열려 있어야 한다. 언젠가 그 기회들이 세상을 바꾸어 놓는다."

소수의 영웅들이 아닌 인류 전체가 악제를 상대해야 한다.

대량으로 풀린 마정석은 그 시발점에 불과한 것이다.

인류 모두가 제롬처럼 되었으면 하는 소망.

루인의 엄숙한 표정에서 대마도사가 지닌 운명의 무게가 느껴졌다.

어느덧 뜬 눈으로 생도들을 바라보고 있는 다인의 얼굴은 새하얗게 질려 있었다.

대체 이것이 어떻게 소년들의 대화란 말인가?

이들이 논하고 있는 것은 문명을 관통하는 거대한 철학의 문제.

한 사람의 흔들림 없는 지향, 마도사의 위대한 영혼이 루인의 모습 위로 겹쳐진다.

다인이 침을 꿀꺽 삼키며 그런 루인을 쳐다보고 있었다.

"르마델…… 아니 하이베른가의 영지에서 마정 광산이 발견되었단 말인가?"

뒷머리를 긁적이는 세베론.

"뭐 정확히 말하면 그건 아니지만 그냥 그렇게 생각하는 것이 편할 겁니다."

"대체 마정석을 얼마나 캐서 시장에 풀었단 말인가?"

씨익.

"80억 리랑."

"……뭐?"

"1차는 충격이 너무 클 것을 대비해서 그 정도. 그 열 배의 물량이 아직 남아 있지."

그렇게 내뱉듯 말하고는 다시 두 눈을 감아 버린 루인.

루인은 지금도 정신없을 소에느를 위로하며 끝없는 이미지에 빠져들었다.

쏴아아아아

달빛으로 물든 해수면을 가르며 신상은 끝없이 나아가고
있었다.

◆ ◆ ◆

마법사들은 예민한 존재들.

작은 변화에도 민감해하는 마법사들이 연신 흔들거리는
신상의 손바닥 위에서 지내는 건 상상 이상의 고통이었다.

"우웨웨웩!"

푹 꺼진 두 눈의 시론이 익숙하게 속을 비워 내며 신상의
손가락을 잡은 채 비틀거리고 있었다.

울렁거림도 문제였지만 무엇보다 죽을 맛인 건 지금까지
말린 고기와 생밀만을 먹어 왔다는 것.

불을 지피거나 마법을 쓰면 신상에 의해 죽임을 당할지도 모
른다는 다인의 조언 때문에 음식을 조리할 수 없었던 것이다.

간단하게나마 화염 마법으로 고기를 굽거나 스프를 끓일
수 있는 정도만 되어도 이 정도까지 고통스럽진 않았을 터.

그렇게 위장이 끊어질 듯한 고통을 느끼고 있는 건 다른 생
도들도 마찬가지였다.

"그래도 시론은 토할 거라도 있네. 난 어제부터 신물만 나
와……."

짙은 다크서클, 푸르죽죽해진 세베론의 얼굴을 동병상련의 심정으로 바라보는 다프네.

반면 루인은 연신 흔들리는 상황에서도 미동조차 하지 않고 열흘 넘게 이미지만 하고 있었다.

게다가 말린 고기와 생밀만 먹은 건 루인도 마찬가지.

"……어떻게 저럴 수가 있어요?"

아무리 집중력이 뛰어나다고 해도 마법사의 이미지는 외부 환경에 자극을 받을 수밖에 없다.

작은 빛, 작은 소음에도 민감한 다프네로서는 이 흔들리는 신상의 손바닥 위에서 계속 이미지를 이어 나간다는 건 기적에 가까운 영역.

가장 이상한 건 무슨 수법을 썼는지는 몰라도 신상의 손바닥이 50도 이상 기울었을 때도 어떤 마법도 쓰지 않고서 항상 앉은 자세를 유지한다는 점이었다.

이건 자질이나 재능, 실력 따위의 문제가 아니라 사람이라면 결코 극복할 수 없는 물리적인 문제.

그때, 생도들과 함께 신상의 손가락을 잡고 있던 다인이 진중한 목소리로 말했다.

"고급 무투술을 익힌 자들은 지면에 육체를 고정시키는 체술을 발휘할 수 있다고 들었네."

"네?"

"알칸 제국에는 동쪽 대륙의 마스터들과 교류하는 검술 유파들이 제법 있지. 그들에게 영향을 받은 알칸의 기사들이 그런 수법을 활용하는 것을 본 적이 있네."

"천근추(千斤墜)."

어느새 루인이 눈을 뜨고 생도들을 응시하고 있었다.

"천근추? 그게 뭐야?"

"그의 말대로다. 동쪽 대륙의 마스터들이 활용하는 무투술의 일종이지. 순간적으로 투기의 밀도를 높여 육체의 하중을 하체에 집중시킨다. 실제로 몸무게가 늘어나는 것은 아니지만 그와 비슷한 효과를 내지."

루인의 친절한 설명에도 생도들의 당황스러움은 잦아들지 않았다.

시론이 물었다.

"아니 그러니까…… 그걸 왜 네가 익히고 있는 건데?"

"배웠으니까."

어휴, 말을 말아야지.

평생을 살면서 한 번 만나기도 힘든 자들이 바로 동쪽 대륙인.

베나스 대륙인들에게 그들은 신비와 기적의 이름이나 마찬가지였다.

하물며 그런 동대륙인들 중에서도 최상위의 경지를 이룩한 '마스터(Master)'들을 만날 확률이라니.

분명 낙타가 바늘구멍을 통과하는 확률보다도 낮을 터였다.

하이베른가의 대공자쯤 되면 동쪽 대륙의 마스터들도 막 만날 수 있고 뭐 그런 건가?

"위험한 행동이었네. 신상이 경계하는 건 마법만이 아니라 힘 그 자체네."

"마법만 조심하라고 한 건 다름 아닌 당신인데."

"……."

어쨌든 무사했으니 다행이었다.

시론은 실제로 몸의 하중이 증가하는 것도 아닌데 중심을 잡을 수 있다는 사실에 신기해했다.

"그 천근추! 나도 가르쳐 줘!"

"마나와 투기는 상극의 성질. 마나를 받아들인 마법사가 투기까지 익힐 순 없다."

"그럼 넌 어떻게 가능한 거지?"

쟈이로벨의 혈주투계는 투기로 구동되는 권능이 아니었다.

진마력 그 자체로 구동되는 마신의 체술.

혈주투계를 생도들에게 가르치는 건 어렵지 않았지만 루인은 그것이 무용지물이라는 것을 잘 알고 있었다.

무한의 증오.

마신 쟈이로벨조차도 무수한 마계대전을 통해 온갖 원한으로 자신의 영혼에 생채기를 내 가며 완성한 사념이었다.

무저갱의 공포를 거스르는 그런 강렬한 사념이 전제되지

않는 이상, 아무리 강한 마력을 지닌 마법사라도 한 발자국조차 나아갈 수 없는 것이다.

인간의 허약한 정신 체계로는 진즉에 미쳐 버릴 일.

인간은 그런 아득한 증오심을 견뎌 낼 수가 없었다.

"나도 배우고 싶다."

이내 루인의 무심한 눈이 리리아를 향했다.

감정 한 점 없는 리리아의 눈이었다.

피식 웃는 루인.

"아직 넌 목표로 하는 배틀 카운터는커녕 스펠 캐스터의 경지조차 완성하지 못했다. 여기서 뭔가를 구겨 넣는다는 건 자살행위야."

하지만 리리아는 루인이 익히고 있는 혈주투계의 위력을 누구보다 뼈저리게 실감한 인물이었다.

검성 월켄, 혈광의 광전사, 에이션트 드래곤 비셰울리스.

루인의 모든 주요 전투 과정을 지켜본 건 리리아만이 유일했다.

"네가 익히고 있는 무투술은 마법사의 한계를 극복할 수 있게 해 준다. 넌 상대적으로 부족한 마법 역량을 모두 그 무투술로 돌파해 왔어."

극도로 진지한 그녀의 눈빛에 어쩔 수 없다는 듯이 한숨을 내쉬는 루인.

"후, 가까이."

말이 떨어지기가 무섭게 루인의 맞은편에 주저앉은 리리아.

"내 눈을 봐라."

리리아가 자신의 눈을 지그시 바라보기 시작하자 루인이 차갑게 말했다.

"앞서 말하지만 이건 네 선택이다."

리리아가 말없이 고개를 끄덕인다.

"이걸 견뎌 낸다면 네 의지를 존중하고 내 무투술을 전수하지."

그때, 또 한 번 신상이 기우뚱 기울어지며 손바닥 위가 아수라장으로 변했다.

"으아악! 내 손 잡아!"

"흐읍!"

루인이 주르륵 미끄러지고 있는 리리아의 손을 잡더니 강하게 끌어당겼다.

"무, 무슨!"

놀랍게도 루인은 리리아의 가녀린 몸을 자신의 앉은 다리 위에 올려 버린 것.

마치 사랑하는 남자 위에 올라탄 듯한 묘한 자세에 모든 생도들이 두 눈을 휘둥그레 뜨고 있었다.

리리아의 귀가 금방 빨갛게 변했다.

"이, 이것 놔!"

"이렇게 하지 않고서 내 눈을 얼마 동안 볼 수 있을 거라고 생각하지?"

"그래도……!"

"집중해라."

리리아는 어쩔 수 없이 자신을 올려다보고 있는 루인의 무심한 시선을 마주했다.

차갑지만 맑은 눈.

이렇게 가까이서 루인의 눈동자를 보는 건 리리아로서도 처음이었다.

그렇게 그녀가 묘한 감정으로 심장이 두근거리고 있을 때.

쿵.

쿵.

처음에 리리아는 정신을 강타하는 그 소리가 자신의 심장 소리인 줄로만 알았다.

이내 시야가 뿌옇게 변하며 이지러졌고.

마침내 그녀의 동공이 흐릿해지며 루인의 최면술이 완성됐다.

루인이 극도로 정신을 집중하며 그녀에게 사념을 밀어 넣기 시작한 지 10분이 지났을 무렵.

리리아가 온몸이 축축해진 채로 깨어났다.

"리리아?"

"괘, 괜찮은 건가요?"

리리아의 비어 버린 표정.

결코 말로는 설명할 수 없는, 상상할 수 없는 복잡한 감정이 그녀의 얼굴에 얼룩져 있었다.

그 처절하고 시린 분위기 속에서 루인이 천천히 입을 열었다.

"뭘 본 거지?"

리리아는 대답을 할 수 없었다.

가문에 벌어진 처절한 살육의 역사, 어머니의 죽음, 무엇보다 가장 충격적인 언니의 배신.

마지막에 자신의 심장에 검을 박아 넣은 존재는 다름 아닌 언니였다.

잿빛 그레이플, 가문의 혈족들, 그리고 타워(Tower)까지.

가문의 모든 것이 남김없이 불탔다.

그렇게 언니가 가문의 모든 것을 희생시키고 완성한 삶은……

천천히 고개를 들어 루인의 눈동자를 바라보는 리리아.

이 사내였다.

언니의 사랑.

언니를 이용해 어브렐가를 멸망시킨 악마적인 남자.

타는 듯한 갈증, 악랄한 증오가 밀려와 그녀의 영혼에 불을 지폈다.

리리아가 위험해지려는 그 순간 루인은 다시 그녀를 현실로 소환했다.

"네가 뭘 봤는지 나는 알 수 없다."

"······."

"혈주(血珠)의 사념 훈련은 당사자의 기억을 활용해 최악의 결과만을 내놓는 이미지 수련법이지."

리리아를 자신에게서 떨어지게 한 후 다시 무심하게 말을 이어 가는 루인.

"어떤 형태로든 원한과 증오심이 끓어오르겠지."

비 오듯 땀을 흘리며 고개를 끄덕이는 리리아.

"그래. 리리아. 지금의 그런 증오를 최소 천 년 이상 유지하며 또 극복해야 혈주(血珠)의 사념은 완성된다."

"······뭐?"

저 루인을 천 년 이상 증오하며 살아가라고?

"내가 익힌 혈주투계는 그런 무투술이다."

리리아는 이해할 수 없다는 눈빛이었다.

"도대체 넌······ 어떤 지옥 속에서 살아온 거지······?"

세계의 멸망이라는 지옥.

악제에 의해 희생당한 사람들의 영혼을 납덩이처럼 덕지덕지 매달고 있는 외로운 대마도사.

친구들의 염원, 온 인류의 소망을 한시도 잊어 본 적이 없는 인류의 대마도사, 흑암의 공포.

루인은 그저 웃고 있었다.

다만 그 웃음이 너무나 슬퍼 보여서 리리아는 그만 눈물이 흘러나오고 말았다.

퍽!

자신의 가슴에 꽂힌 리리아의 주먹을 무심하게 바라보고 있는 루인.

"……너무 나빴다."

"혈주의 환상이 남긴 증오의 대상이 혹시 나였나?"

"그래……."

"그랬군."

기분이 묘했다.

자신도 누군가에게 증오의 대상이 될 수 있다는 생각을 루인은 단 한 번도 해 본 적이 없었다.

혈주의 사념을 익힐 때 자신이 증오했던 대상은 언제나 한결같이 악제였다.

"리리아가 저 정도라면 난 못 하겠군."

시론이 어색하게 웃고 있었다.

냉정하고 차갑기로는 둘째가라면 서러워할 리리아가 저렇게 감정적으로 동요하고 있다니.

자신도 친구들 앞에서 눈물을 보이며 통곡할 수 있다고 생각하니 시론은 소름이 돋았다.

"그래요. 사람에겐 저마다 어울리는 위치란 것이 있으니까."

"괴물 같은 녀석과 같이 다니다 보니 우리 감각이 너무 둔해진 건지도 몰라. 우린 모두 5위계라고. 사실 1등위 생도가 5위계를 정복한 건 아카데미의 역사에도 손에 꼽는 일이잖아?"

"……그건 그렇죠."

애써 내색하지 않고 세베론의 시선을 외면하는 다프네.

모두가 5위계라는 건 세베론의 착각이었다.

이미 다프네와 루이즈는 6위계의 끝자락을 바라보고 있었으니까.

마장기를 구동하기 위해 동조 훈련을 한 것이 급격한 경지의 상승을 불러일으킨 것.

게다가 다프네는 얼마 전 어렴풋이 7위계의 경지를 향한 단서마저 얻은 상태였다.

진정한 마도(魔道)의 영역이라는 7위계가 보이기 시작하자 다프네는 강한 열망에 불타오르고 있었다.

7위계. '마도사'가 되기 위한 최소한의 조건.

그때부터가 바로 캐스터(Caster)가 아닌 마스터(Master)라 불리게 된다.

스펠 마스터.

모든 마법사들의 꿈.

그때, 모두에게 루이즈의 영언이 들려왔다.

〈신상의 움직임이 변했어요.〉

순간 모두의 시선이 신상으로 향했다.

신상은 자신들을 들고 있지 않은 왼손으로 무언가를 향해 경의를 표하고 있었다.

"이제 거의 도착한 것 같네. 생각보다 일찍 왔군."

다인이 저 멀리 희미한 무언가를 바라보고 있었다.

길쭉한 형태.

그 길쭉한 형태의 그림자가 다른 신상이라는 것을 알아차린 건 조금 지나서였다.

"뭐, 뭐야? 우리 말고 유적 탐험자들이 또 있다고?"

"그럼 저 사람들도 우리와 함께 들어가는 거야?"

당황해하는 생도들 사이에서 루인의 가라앉은 음성이 들려왔다.

"다른 마탑에서도 온 건가."

실눈으로 다른 신상을 살피고 있던 다인이 고개를 흔들었다.

"마법사들은 아닌 것 같군."

"그럼?"

점점 굳어지는 다인의 얼굴.

"동쪽 대륙인들 같네."

생도들에게 말할 수 없는 긴장감이 몰아쳤다.

생도들로서는 소문이나 민담, 전설 같은 막연한 상상 속에서나 들어 본 것이 전부.

동대륙인의 실체를 접해 본 사람은 그야말로 극소수였다.

하지만 루인은 표정의 변화가 별로 없었다.

오히려 옅은 미소가 그의 기분을 짐작케 했다.

설마 저 동쪽의 이방인들이 반갑다는 건가?

란시스가 다급히 루인에게 말했다.

"루인! 마장기를 꺼내야 하지 않나?"

뜬금없이 마장기를 꺼내자는 란시스를 바라보며 루인이 눈살을 찌푸렸다.

"무슨 소리냐."

"동대륙인들은 극도로 호전적이라던데! 살인을 밥 먹듯이 하며 그냥 눈에 보이는 건 죄다 부순다고……!"

피식.

잦은 전쟁을 겪는 부족 사회의 특성상 호전적이고 잔인한 문화를 지닌 것은 사실이었다.

하지만 그건 어디까지나 갈등 후의 이야기.

갈등이 일어나기 전에는 오히려 더욱 열린 마음으로 이방인을 받아들이는 자들이 바로 동대륙인들이었다.

특히 그들과 가까워진다면, 아발라 문신을 함께 새긴 친구 사이가 된다면 목숨을 바쳐 우정을 증명하는 열혈의 종족이었다.

끼이이이익-

일정 거리에 다다르자 두 신상이 동시에 멈춰 섰다.

이어 놀라운 일이 일어났다.

뎅!

기묘한 공명음과 함께 두 신상의 머리에 박혀 있던 보석이 빠지자.

막대한 마력 파동과 함께 주변 해역의 모든 바닷물이 기화, 압축되어 두 보석으로 흘러들어 가기 시작한 것.

슈우우우욱!

두 개의 거대한 소용돌이가 잦아들었을 땐 해저가 남김없이 드러났고, 그 해저 바닥엔 두 보석만이 신비한 빛으로 반짝이고 있었다.

쏴아아아아아-

드러난 해저의 원형 반경으로 주변 해역의 바닷물들이 쏟아져 내리고 있었지만 다행스럽게도 두 보석이 수기(水氣)를 흡수하는 속도가 훨씬 빨랐다.

"와……."

절로 입이 벌어질 정도의 압도적인 광경.

"저런 아티펙트는 들어 보지도 못했어……."

물론 수기를 흡수하는 아티펙트는 인간들에게도 있었다.

그러나 순식간에 광활한 해역의 바닷물들을 모조리 흡수하는 위력은 다른 차원의 이야기였다.

생도들은 저 두 보석이 결코 인간 마도학자들이 만든 물건이 아니라는 것을 확신하고 있었다.

갓 핸드급 아티펙트.

신의 직접적인 개입과 의지가 빚어낸 초월적인 물건.

끼기기기긱-

이어 거대한 신상이 무릎을 꿇으며 해저 바닥에 루인 일행을 내려다 놓았다.

그리고는 이내 거대한 동체를 일으켰고.

쿵쿵-

루인 일행과 일정한 거리를 벌리더니 우두커니 서서 기묘한 자세를 취하고 있었다.

"뭐지? 저건 만세인가?"

"풉."

신상의 거대한 두 팔이 하늘 위로 솟구쳐 있었다. 마치 만세를 부르는 사람처럼.

하늘을 떠받드는 듯한 그 모습이 조금은 우스꽝스러울 정도.

그러나 루인은 이미 신상에 대한 관심은 온데간데없었다.

주변 지형과 돌발 상황을 끝없이 가늠하고 있는 것이다.

루인이 질척한 해저 바닥에 발목까지 잠긴 자신의 발을 무심히 바라보고 있었다.

"현자. 계속 입을 다물고 있을 건가?"

미리 준비라도 했다는 듯이 대답을 이어 가는 다인.

"곧 시험이 있을 것이네. 자네들과 나, 이 정도 전력이라면 큰 어려움은 없겠지."

"무슨 시험이지?"

"지혜를 가늠하기도 마법을 가늠하기도 하네. 간혹 아무 시험도 치르지 않고 통과하기도 하지. 때에 따라 다르다고 할 수 있네."

"기준은?"

다인이 피식 웃으며 시선으로 하늘을 가리켰다.

"인간이 신의 변덕을 가늠할 수 있을 리가 없지 않은가."

그런 그의 대답에서 루인은 알칸 제국도 이곳이 테아마라스의 유적 따위가 아니라는 것을 이미 알고 있었다는 것을 파악할 수 있었다.

초월적인 존재, 즉 신의 의지가 개입된 가변세계라는 걸 명확하게 인지하고 있는 것이다.

"아무리 생각해도 이해가 안 되는군. 이렇게 자격을 증명하는 과정을 정교하게 설계한 주제에 정작 내보낼 때는 모든 기억을 거둬들이는 이유가 도대체 뭐지?"

"그 역시 신의 변덕이라고 생각할 수밖에."

다인의 웃음에는 씁쓸한 애환이 담겨 있었다.

다인이 유적을 방문한 건 벌써 세 번째.

그러나 단 한 번도 유적 내부의 기억을 가지고 돌아온 적은 없었다.

고개를 들어 하늘 위로 두 손을 벌리고 있는 거대한 신상들을 바라보는 다인.

저 광경이 유일하게 기억하는, 항상 마지막 장면이었다.

'이번에는……'

다인이 지그시 입술을 깨물며 결의를 다지고 있을 때.

촤아아아아악-

수기가 흡수되는 경계에서 얇은 막처럼 일렁이고 있는 바닷물을 가르며 동대륙인들이 나타났다.

"루인!"

시론의 외침에 루인이 뒤를 돌아보자.

거친 흑발.

탄탄한 상체.

그가 몸에 걸치고 있는 건 달랑 바지 하나와 검 한 자루가 전부였다.

촤아아악-

이내 그와 비슷한 차림의 중년 사내들 두 명이 더 나타났고.

루인이 차가운 눈으로 다인에게 물었다.

"저놈들은 이곳을 왜 방문한 거지?"

"자세히는 모르지만 들은 바로는 동대륙인들에게 이곳을 방문하는 것은 신성한 임무라고 들었네. 부족의 사내들 중

최고의 검사들만이 유적을 탐험하는 영광을 누릴 수 있지."

그때 흑발의 동대륙인들 중 하나가 다인을 쳐다보더니 입가에 괴의한 웃음을 그려 냈다.

"-- --- ---- -----. ----- ---."

"---?"

"-- --- ---!"

도무지 알아들을 수 없는 언어로 품평하듯 다인의 위아래를 쳐다보다가 이내 크게 웃는 동대륙인들.

그러더니 그들은 이내 다프네와 루이즈, 리리아 쪽을 향해 시선을 옮겼다.

"----? ---?"

"--!"

"--!"

또다시 크게 웃으며 과장된 표정을 짓는 동대륙인들.

알아들을 순 없었지만 생도들은 그들이 자신들을 깔보고 있다는 것을 명백하게 느끼고 있었다.

그들의 눈빛에는 경멸과 조롱이 가득했기 때문이다.

그때 재미있다는 듯한 루인의 목소리가 들려왔다.

"당신더러 술사 따위가 어떻게 신성한 유적에 왔냐고 조롱하는군."

"음?"

"아. 저들은 마법사를 술사로 부르지. 물론 저들의 사회에서는 술사가 그리 높은 신분은 아니야. 책벌레의 느낌에 가깝다고나 할까?"

"……동대륙의 언어를 알아들을 수 있단 말인가?"

"조금은."

다프네가 신경질적인 목소리로 말했다.

"우리는요! 우리보고는 뭐라고 그랬죠?"

"얇은 팔뚝, 새하얀 피부. 그래서 여자답지 않다나? 분명 어떤 전사에게도 시집을 못 갈 거라고."

"뭣!"

"저 새끼들이!"

순간 루인의 눈빛이 일변했다.

"함부로 나서지 마라. 저들 각자가 최소한 월켄보다는 강하다."

"뭐라고?"

차갑게 말하던 루인이 이내 동대륙인들을 응시했다.

"-- -----?"

동대륙인들은 하나같이 깜짝 놀라고 있었다.

"우리 말을 한다!"

"신성한 아발라어를?"

씨익 웃는 루인.

"묻고 있잖아. 나만 당신들의 평가를 받지 못했다고."

이들은 하나같이 기세에 민감한 무사들이었다.

하사므 부족 최고의 검사 챠스단은 루인의 눈빛이 범상치 않음을 단박에 느끼고 있었다.

"나는 차오른 달의 비명, 챠스단. 당신은 전사인가? 그렇다면 이름을 밝혀라."

루인은 대답 대신 웃었다.

"나는 애송이 놈들 따위에게 내 이름을 말하진 않아."

첫 만남에 상대의 이름을 듣지 못한다는 건 전사에겐 죽음보다 더한 치욕.

극도의 모욕감을 느낀 챠스단이 그대로 루인에게 뛰어들었다.

물론 이미 전력으로 혈주투계를 운용하고 있던 루인은 어깨를 들이받는 고(牴)의 수법으로 챠스단과 부딪쳤다.

콰아아아아아앙!

챠스단이 주르르 밀려나며 왈칵 피를 쏟아 내자 주변의 동료들이 경악했다.

"챠스단!"

"괜찮으냐!"

더없이 놀란 표정으로 자신의 가슴께를 바라보고 있는 챠스단.

회전하는 물결처럼 퍼져 있는 시퍼런 피멍을 도무지 믿을 수가 없었다.

이건 초원의 부족들을 통일한 전설적인 전사, 다그마돈의

'바람 주먹'이었다.

지켜보던 동료들도 그 사실을 알아차렸는지 기함하며 소리치고 있었다.

"다그마돈이다!"

"바, 바람 주먹이다!"

그러나 챠스단의 표정에는 두려움보다는 오히려 희열이 떠올라 있었다.

"위대한 전사, 다그마돈의 힘이라니……!"

입가에 묻은 피를 스윽 닦으며 챠스단이 소리쳤다.

"반드시 네놈의 이름을 듣고야 말겠다!"

차아아아앙!

검을 뽑은 챠스단은 기질이 바뀌어 전혀 다른 존재처럼 변해 있었다.

각자의 부족에서 전사라고 인정받은 자들은 모두 무신(武神)의 후보나 마찬가지.

지금만큼은 루인도 긴장하지 않을 수가 없었다.

콰콰콰콰콰콰!

군더더기 없이 맑은 투기, 하지만 더없이 거대한 힘의 파동이 해저 전체를 집어삼켰을 때.

루인을 중심으로 퍼져 나간 혈주투계 특유의 핏빛 아우라도 최고조에 달해 있었다.

혈주파천권(血珠破天拳).

전생의 경지로는 펼쳐 볼 수 없었던 미지의 경지.

적어도 혈주투계만큼은 전생의 경지를 압도하며 오히려 그 이상으로 나아가고 있었다.

쿠콰콰콰콰콰쾅!

내지른 주먹, 물결처럼 번져 가는 붉은 힘의 기운이 챠스단을 집어삼킨다.

챠스단이 굳건한 얼굴로 일검을 갈랐다.

좌아아아아!

붉은 혈주(血珠)의 기운이 사선으로 베어지며, 그 틈으로 챠스단이 번개처럼 뛰어든다.

그러나 혈주파천권은 지금부터가 시작이었다.

이제 루인은 혈주의 붉은 기운에 잠식당하다 못해 아예 혈신(血神)처럼 변해 있었다.

제일권, 파천일권.

이번에도 가를 수 있을 줄 알았는지 파천일권의 무시무시한 기운에 다시 일검으로 맞선 챠스단.

"흡!"

챠스단이 떨쳐 낸 검기성강(劍氣成罡), 베나스 대륙식으로 '스피릿 오러'라고 표현되는 강력한 기운이 흔적도 없이 바스러진다.

챠스단이 기겁하며 물러나려 했지만 때는 늦은 상황.

제이권, 혈우투쟁(血雨鬪爭)의 압도적인 공세가 이어지고 있었다.

쏴아아아아아~

사방에서 쏟아지는 핏빛 비.

그러나 그것은 한낱 비가 아닌 기공화된 그물.

비에 부딪혔을 때 찌르르한 고통이 물밀듯이 밀려오자 챠스단이 거세게 회전하며 공중으로 솟구쳤다.

핏빛 비가 내리지 않는 곳까지 도약한 것이다.

피식.

하지만 그것은 성긴 그물을 만든 루인의 함정.

공중으로 솟구친 챠스단은 씨익 하고 웃고 있는 루인의 얼굴을 마주하고서 뭔가 잘못됐음을 직감했다.

그 순간 챠스단의 정신이 끊어졌다.

콰아아아아아아아아앙!

무슨 대포 수십 발이 동시에 발사되는 듯한 무시무시한 굉음과 함께 챠스단의 육체가 해저에 빛살처럼 처박혀 버렸다.

혈주파천권의 제육권, 파천혈권(破天血拳)의 위력에 놀란 것은 루인도 마찬가지.

아무리 마신 챠이로벨이 익히고 있는 무투술이라지만 마법이 아닌 무투술이라 지금까지 천시해 왔는데 이 정도면 꽤 쓸 만하지 않은가?

어느덧 해저에 착지한 채 자신의 손을 이리저리 살펴보고 있는 루인.

묵직하고 통쾌한 그 손맛이 아직도 남아 있었다.

저벅저벅.

질척거리는 뻘을 헤치며 나아가는 루인.

지이이잉-

그가 혼절해 있는 챠스단을 앞에 두고 마력 칼날을 소환하자 그의 동료들이 검을 빼 들고 루인을 막아섰다.

"쓰러진 자에겐 검을 겨누지 않는다!"

피식 웃는 루인.

"그는 아직 패배를 인정하지 않았는데?"

"그, 그건! 저, 정신을 잃었……!"

"그게 패배지."

챠스단의 동료들이 검을 거두고 고개를 푹 숙이자.

"나는 그를 죽이려는 것이 아니다."

파팟! 파파팟!

완벽하게 통제한 마력 칼날로 챠스단의 어깨에 표식 하나를 새긴 루인.

챠스단의 동료들이 멍하니 루인을 쳐다보고 있었다.

"오오! 이건?"

그것은 간단하게 표현된 베른가의 표식이었다.

"내 아발라다."

아발라.

신의와 우정의 상징.

찌이이이익!

망설임 없이 로브를 찢어 어깨를 드러낸 루인이 예의 씨익 하고 웃고 있었다.

"나는 전투를 통해 그를 알게 되었다. 난 그의 친구가 될 것이다."

그렇게 루인이 어깨를 드러낸 채로 눈을 감았다.

자신의 새로운 친구가 새겨 줄 아발라를 기다리며.

대마도사의 첫 번째 원칙.

변수를 통제하라.

이제 이 동대륙의 전사들은 변수가 아닌 친구였다.

동대륙의 전사들.

알지 못할 땐 무섭지만……

그들의 습성에 대해 잘 알게 된다면 베나스 대륙의 어떤 기사들보다도 쉬운 사내들이었다.

Chapter. 69

"저 녀석…… 무투술이 언제 저렇게……."

시론은 루인이 보여 준 가공할 신위에 더없이 놀라고 있었다.

그동안 루인의 마법적 역량은 질리도록 경험할 수 있었지만, 그의 또 다른 기반이라 할 수 있는 무투술에 대해서는 그리 많은 걸 보지 못했었다.

그러나 지금.

스피릿 오러를 자유자재로 다루는 것으로 보아, 저 야수 같은 동대륙인은 과거 기수 쟁탈전에서의 월켄과 거의 비슷한 경지였다.

한데 그런 초인 검사를 그 어떤 마법도 쓰지 않고서 오직 무투술만으로 제압해 버린 것이다.

특히 루인이 마지막에 보여 준 그 거대한 주먹은 자신이 알고 있는 어떤 마법보다도 강력한 것이었다.

"나도 루인이 저런 무투술을 익히는 건 본 적이 없는데……."

세베론의 중얼거림에 리리아가 퉁명스럽게 말한다.

"루인은 무투술도 마법처럼 이론과 감각이 완성된 자에겐 이미지만으로 경지의 상승을 가능케 한다고 말했다."

삐딱하게 꺾이는 시론의 고개.

"그럼 지금까지 녀석은 마법 술식이 아니라 거의 무투술만 이미지로 갈고닦았다는 뜻이냐?"

"마, 말도 안 돼!"

그렇게 급격하게 마법의 상승 단계를 밟아 가면서 동시에 무투술까지 초인을 제압할 정도로 단련한다?

1년 남짓한 시간 만에?

도대체가 저 인간은 앞뒤가 연결되는 게 단 하나도 없었다.

하지만 이들 중에서도 가장 충격을 받은 인물. 그것은 테오나츠의 현자, 다인이었다.

"어떻게 저런 자가……."

마장기의 오너 매지션.

현자를 압도할 정도의 혜안과 심계.

추측할 수 없는 경험의 깊이.

이것만으로도 그 나이가 도저히 믿기지 않을 지경인데 저런 무시무시한 위용의 무투술이라니!

과연 이게 한 인간이 구현할 수 있는 역량이란 말인가?

알칸 제국에서 이름을 떨쳤던 천재들을 수도 없이 보았지만 그런 천재들도 분명 사람의 한계를 지니고 있었다.

하지만 이건 피륙을 지닌 인간의 한계를 넘어서는 힘이었다.

마력과 투기.

마력은 술식이라는 가공 과정이 필요하기에 염동이라는 매개를 필요로 한다.

반면 투기는 정신 자체를 품고 있는 힘.

이 상충하는 권능을 동시에 익힌 인간은 이 세계에 존재할 수 없었다.

둘 다 익힌다면 인간의 정신은 곧바로 붕괴되기 때문이다.

이건 베나스 대륙을 살아가는 모든 이들의 상식이었다.

〈 저는 루인 님의 무투술보다 동쪽 대륙의 언어를 알고 있다는 점이 더욱 신비롭네요. 〉

루이즈의 말에 다프네가 두 눈을 반짝였다.

"언어뿐만이 아니라 그들의 문화까지 자세하게 알고 있는 듯해요."

어느덧 정신을 차린 챠스단이 경건한 표정으로 루인의 어깨에 자신의 아발라를 새기고 있었다.

아발라를 어깨에 새기는 이유는 간단했다.

생명을 끊을 수 있는 목덜미와 가장 가까운 곳이었기 때문.

상대의 검날이 자신의 살을 파고들어도 그 뜻을 의심하지 않는 것이 신성한 의식 '아발라'의 첫 번째 조건이었다.

자신의 표식, '차오른 달'을 정성스럽게 새긴 챠스단이 이내 격동한 얼굴로 루인을 쳐다보았다.

"마지막의 네 주먹. 그것이 진정한 다그마돈의 힘인가?"

바람 주먹의 다그마돈.

무신 료칸이 전성기에 이르기 전까지 직접적으로 경쟁하던 상대.

오히려 지금의 시기에서는 료칸보다도 더욱 명성을 떨치고 있는 동대륙의 위대한 전사였다.

루인이 알 듯 모를 듯한 미소로 웃고만 있자 그의 동료들이 더욱 흥분한 듯 소리쳤다.

"역시 넌 초원의 전사였군! 다그마돈 님의 힘을 직접 경험할 수 있었다니! 나 바칼은 이제 죽어도 여한이 없다!"

"초원의 전사여! 우리에게 바람 주먹을 가르쳐 줄 수 있겠나?"

챠스단의 동료들이 그를 부럽다는 눈으로 바라보고 있었다.

초원의 바람 주먹을 상대해 봤다는 것은 앞으로 평생 동안 그의 자랑거리일 터.

다그마돈의 바람 주먹을 직접 상대하는 영광을 누렸으니 그의 칭호는 앞으로 더욱 휘황찬란해질 것이었다.

그들이 오해하도록 내버려 두며, 그렇게 적당히 어울려 주던 루인은 이내 자신의 목적을 상기했다.

"너희들은 유적에 들어가면 무얼 하지?"

챠스단이 근엄하게 말했다.

"우린 선조들의 유산을 찾는다!"

"선조?"

"그렇다!"

명확하게 선조들의 유산이라 말하는 것으로 보아 동대륙인들에게도 유적에 대한 확실한 정보와 목표가 있는 듯했다.

"어떤 유산이지?"

"그건 알 수 없다! 단지 우리의 운명에 맡길 뿐이다!"

"그렇다! 그것은 전사의 운명이다!"

가늘게 찢어지는 루인의 두 눈.

임무에 대한 강한 의지와는 달리 구체적인 계획은 또 없는 모양.

그때.

쿠구구구구구~

신상들이 밟고 있는 지반을 중심으로 잔잔한 공명이 일어나더니 이내 해저 전체를 휘감고 있었다.

신상들이 하늘을 향해 손을 벌리고 있는 공간에서 추측할 수 없는 수준의 밀도 높은 마력이 모이고 있었다.

"이제 시작됐네 대공자! 모두 이곳으로 모이게!"

다인이 수인을 뻗자 강력한 결계 마법이 소환되며 일정 구역을 형성했다.

루인이 동대륙인들을 데리고 구역 내부에 진입했다.

곧바로 다인의 눈썹이 꿈틀거렸다.

"그들은 다른 신상을 타고 온바, 저 반대에서 시험을 받아야 하네."

"아니. 우리와 함께 간다."

쾌재를 부르는 란시스.

"오호라! 환영이다 동대륙인들! 당신들에게 물어볼 것이 참 많아!"

"거부하겠네 대공자!"

다인의 입장에선 청천벽력과도 같은 일.

생도들과 대공자만으로도 버거운데, 거기에 동대륙의 초인들까지 대공자의 편에 선다니…….

만약의 일이 발생할 경우 유적 내부의 위험보다 오히려 이들이 더욱 위협적이지 않은가?

하지만 신상은 그런 여유를 허락하지 않았다.

츠츠츠츠츠-

저 멀리 마력이 모이던 상공에서 신비한 공간의 틈이 발생했다.

루인이 수인을 맺으며 다가올 위험을 대비하고 있을 때.

"대장! 내가 먼저다!"

"무슨 소리냐! 첫 번째 비경(秘境)의 괴물은 내가 차지하기로 했다!"

콰아아아앙!

뭐라 말할 새도 없이 동시에 해저를 박차며 허공으로 솟구친 동대륙인들.

총천연색으로 얼룩지기 시작한 공간의 틈에서 거대한 무언가가 천천히 몸집을 드러냈고.

이윽고 세 동대륙인들의 동물적인 전투가 시작됐다.

콰아아앙!

콰아아아앙!

루인은 그런 하늘을 무심히 바라보고 있었다.

그것은 인간의 세계에 서식하는 괴수가 아니었다. 물론 마계의 어떤 마수종의 형태와도 달랐다.

거대한 무채색 날개 세 쌍.

길고 새하얀 육신.

영롱한 빛깔의 날카로운 창.

마치 신상과 비슷하게 생긴 그것은 인간의 경전 곳곳에서 묘사되고 있는 영락없는 천사의 모습.

천사는 동대륙의 초인 전사들의 공격을 아무렇지도 않게 막아 내며 천천히 지상으로 하강하고 있었다.

"시, 실드인가?"

"물리 방호력이 상상 이상이에요!"

엄청난 스피릿 오러 공세들이 반투명한 장막에 의해 모조리 무효화되고 있었다.

루인이 다인을 향해 시선을 옮겼을 때 그의 얼굴은 이미 핼쑥하게 변해 버린 상황.

"지천사 오실리어(Oslier)라니……."

태초신의 계약의 법궤, 최상단에 이름을 새기고 있는 오실리어.

그의 전능력과 지혜는 거의 신급이라고 봐도 무방하며, 그의 지위 역시 지천사이자 동시에 대천사였다.

오실리어가 쓰고 있는 무한의 가면, 무저갱처럼 깊은 어둠만이 가득한 그곳에서 신비한 음성이 공명했다.

-한없이 거부하고 또 거부한다. 그대의 입장을 허락하지 않으니. 사역자의 뜻을 거절하지 말고 그대의 세계로 돌아가라.

오실리어의 날카로운 창날.

그것이 명백하게 자신을 겨누고 있었다.

루인의 두 눈에 금방 열광(熱狂)이 어렸을 때 다인의 다급
한 외침이 들려왔다.

"다, 다행스럽게도 자비를 베푸셨군! 대공자! 일단 돌아가
세! 돌아가서 나중에 다시……!"

지천사 오실리어.

가벼운 의지만으로도 천상의 징벌을 온 세계에 드리울 수
있는 절대적인 존재.

그 정체를 인간에게 드러낸 적도 없었고 당연히 인간과 맞
서 싸운 예도 없었다.

이렇게 실체를 드러낸 것만으로도 모든 왕국의 신관과 사
가들이 경악할 만한 대사건.

신화와 전설 속의 묘사가 사실이라면 인간은 결코 상대할
수 없는 드높은 존재였다.

루인 역시 자신의 영혼을 압박해 오는 강력한 존재감을 느
끼고서 어느 정도 오실리어의 격을 가늠한 상황.

'녀석과 싸워 볼 만하겠군.'

놀랍게도 이 오실리어에게서 샤이로벨과 비슷한 격이 느
껴졌다.

본래의 위력을 떨칠 수 없는 인간계가 아니라 마계라면 샤
이로벨은 이 오실리어와 충분히 자웅을 겨뤄 볼 만할 것이다.

그 말인즉, 이 미지의 존재가 마계의 마신(魔神)과 동급이
라는 뜻.

루인에게서 물러갈 기미가 보이지 않자 다인이 더욱 다급하게 소리쳤다.

"인간이 어떻게 해볼 존재가 아니네! 관용을 베풀어 주었을 때 물러가야 해!"

그때 동대륙의 전사들이 해저에 착지했다.

"나의 아발라여! 놈은 괴물이다! 내가 공부한 역사가 사실이라면 선대의 전사들은 한 번도 이런 괴물을 상대해 본 적이 없다!"

온몸에 전율이 치민 루인.

신상들은 분명 악제를 통제할 수 없었다는 죄책감에 아직도 고통을 느끼고 있었다.

악제 놈은 이런 아득한 신격의 의지조차 짓밟을 수 있을 만큼, 오래전에 그런 드높은 경지를 완성한 것이다.

뿌득.

악제가 해냈다면 대마도사도 해내야 한다.

비록 쟈이로벨도 없었고 과거의 경지도 회복하지 못했지만.

여기서 물러서면 끝이라는 마음으로 그렇게 루인은 굳건하게 서 있었다.

"마장기를 전개한다."

"응?"

루인이 황당한 눈으로 서 있는 시론과 생도들을 향해 일갈했다.

"망설이지 마라! 이건 실전이다!"

"아, 알겠다!"

"네! 루인 님!"

다인이 경악한 눈으로 루인을 바라봤다.

"자네…… 지금 이게 무슨 짓인가?"

광활하게 맺히기 시작하는 융합 마력, 압도적인 대마도사의 염동력을 온 해저에 드리운 채로 루인이 씨익 하고 웃었다.

"당신도 할 수 있는 것을 해."

"아니 이보게! 상대는 신격……!"

"신(神)?"

츠츠츠츠츠츠-

거대한 전위 파장.

그 놀라운 마력의 변주가, 농축에 농축을 반복하며 온 해저를 집어삼킬 듯한 가공할 위력을 뿜어 대기 시작했다.

쩌저적쩌저적.

"……프로즌 아우라(Frozen Aura)?"

신비한 보석이 뿜어내고 있는 마력의 벽에 막혀 해저 분지로 떨어지지 못하고 있는 바닷물이 급속도로 얼고 있었다.

영락없는 프로즌 아우라의 효과였지만, 이상하게도 다인은 루인이 펼치고 있는 술식의 결을 읽어 낼 수 없었다.

그 순간.

파드드득!

꽈직꽈직!

거대한 장벽처럼 얼어 버린 바닷물에 금이 가기 시작하더니 이내 지천사 오실리어를 덮쳐 가는 것이 아닌가?

"이, 이럴 수가! 이건 미, 미친 짓이네!"

쿠콰콰콰콰쾅!

상상할 수 없는 굉음, 동시에 오실리어의 새하얀 동체가 기우뚱 기울어 가고 있을 때.

"강마력 전개!"

루인의 외침에 정신없는 표정으로 뒤를 돌아보는 다인.

이내 그의 입이 점점 벌어졌다.

부우우우우우웅-

거대한 다섯 개의 포열!

"원소력 개방!"

거대한 마력이 응축되는 소리, 그와 동시에 순간적으로 시력을 앗아 갈 정도의 강력한 휘광이 몰아친다.

"파멸!"

콰아아아아아아앙!

콰아아아아아아아아앙!

다섯 개의 포열이 일제히 불을 내뿜는다.

유사 이래 최초로, 인간의 문명이 신에게 마력광선휘광포(魔力光線輝光砲)를 날리는 순간이었다.

＊ ◆ ＊

최상급 괴수종에 버금가는 괴물이 출현한 적은 있어도, 신적인 존재가 유적의 수문장으로 나서는 경우는 역사에서 찾을 수 없었다.

어느덧 다인은 해역의 하늘에 떠 있는 부유 기록 장치를 바라보고 있었다.

함선에 남아 있는 마법사들이 이 모든 걸 영상 기록 마법으로 녹화하고 있을 터.

문득 다행이라는 생각이 들었다.

이 엄청난 광경을 자신만 본다는 건 아까웠으니까.

결국엔 알칸 제국도 이 사실을 모두 알게 될 것이다.

콰아아아앙!

콰아아아아앙!

마장기들의 포격이 연이어 이어진다.

이토록 지근거리에서 마장기의 포격이 내뿜는 충격파와 굉음을 감당하는 것은 자신도 처음.

온몸에 저릿한 감각, 순간적으로 호흡이 가빠지는 것으로 보아 이 일대의 공기가 대부분 소멸된 듯했다.

순간적으로 모인 광활한 마력이 일시에 빛과 열로 바뀔 때 나타나는 전형적인 현상.

그렇게 거대한 해역 분지 내부가 반진공 상태에 빠지자

여기저기서 쿨럭거리는 기침 소리가 들려왔다.

"쿨럭! 크으으윽!"

란시스 역시 신음하며 비틀거리면서도 마장기의 마력포가 내뿜는 압도적인 파괴력에 경악하는 중이었다.

왜 마장기가 현 세계의 질서를 주름잡는 마도 병기인지를 여실히 느낄 수 있는 광경.

비로소 란시스는 자신의 왕국이 왜 약소국일 수밖에 없는지를 즉각적으로 이해하고 있었다.

저런 무시무시한 마도 병기를 운용하는 국가를 상대로 전쟁이라니!

그때, 해역의 상공을 중심으로 거대한 스크류가 일어났다.

루인의 수인에 맺힌 강대한 술식의 흐름을 느끼며 또 한 번 놀라고 마는 다인.

'공기를……!'

루인은 지금 거대한 스크류, 용오름을 인위적으로 일으켜 해저 바닥에 다시 공기를 채우고 있는 것이다.

"강마력 전개!"

또 한 번 루인의 외침 소리를 들은 생도들이 경악하며 그를 쳐다보았다.

"여기서 더 하란 말이냐?"

"상대는 신(神)이다."

할 말을 잃어버린 시론이 입을 다물었다.

엄청난 마력이 흩어지며 생겨난 물보라 때문에 아직 지천사 오실리어의 동체는 보이지 않는다.

하지만 이 무시무시한 마도 병기, 그것도 5기의 마장기가 내뿜는 마력광선휘광포를 정면으로 맞고도 무사할 수 있는 존재가 과연 있을 수 있을까?

신의 의지를 대리한다는 위대한 드래곤 일족조차 이 힘이 두려워서 이제 인간 종족을 함부로 대하지 않았다.

순간 마장기에서 흘러나오는 강마력을 가늠하던 루인이 후방을 향해 소리쳤다.

"리리아!"

유일하게 아직 마장기의 강마력 전개를 끝내지 못한 리리아.

리리아의 마장기가 내뿜고 있는 강마력은 당장이라도 끊어질 것처럼 위태로웠다.

그 짧은 순간에 위기가 찾아왔다.

쿵-

물리적인 소음이 아닌 마치 영혼을 울려 오는 듯한 기묘한 공명음.

동시에 오실리어를 감싸고 있는 물안개가 밀려나며 거대한 지천사의 창이 드러났다.

루인의 두 눈이 찢어질 듯 크게 떠졌다.

지천사 오실리어.

그는 아무런 충격도 받지 않은 것처럼 처음의 모습 그대로였다.

달라진 것이 있다면 그의 흉곽을 감싸고 있는 금빛 흉갑, 그리고 그의 몸 전체를 감쌀 만큼의 거대한 방패가 소환되어 있다는 것.

란시스의 넋 나간 목소리가 들려왔다.

"말도 안 돼……!"

분명 웨자일의 거대한 성벽을 일격에 부술 만큼의 엄청난 마력 포격이었다.

어떻게 그런 충격에서 아무렇지도 않을 수가 있단 말인가?

-무모하고 어리석다. 더 이상 사역자의 뜻을 거부한다면 인과의 개입을 막을 수 없을 터. 그것은 필멸자의 영혼이 감당할 수 없는 것이니 이제 그만 사역자의 의지를 받아들이라.

악착같이 웃고 있는 루인.

"병신. 뭐라는 거냐. 인형 주제에."

루인은 온 마음으로 오실리어를 조롱하고 있었다.

이 정도 힘을 가지고 있었으면서 인류가 멸절하고 있는 상황을 지켜만 보고 있었다?

한없이 고고한 척하고 있는 저 지천사도 악제와 전혀 다르지 않았다.

철저하게 세계의 방관자였던 놈들이 이제 와서 신(神)?

이내 대마도사의 낡은 영혼이 그를 향해 저주를 퍼부었다.

"섭리니 인과니 운운하며 도도한 척하지 마라. 역겨우니까. 싼 똥도 스스로 치우지 못해 사상 최악의 괴물을 탄생시킨 놈들이 그런 말을 늘어놓다니, 정말 소름이 다 돋을 지경이로군."

다인이 멍하게 입을 벌리고 있을 때 루인이 손가락을 들어 머나먼 베나스 대륙을 가리켰다.

"지금도 날뛰고 있는 저 괴물 놈은 분명 네놈들의 인과일텐데? 그런데 왜 내버려 두는 거지? 그게 섭리인가?"

테아마라스는 분명 이 유적에서 많은 것을 얻었을 터.

그에게 인간의 굴레를 벗어나 악제로 거듭나게 할 수 있게 한 존재들은 다름 아닌 이 유적을 방치한 신들이었다.

어째서 이토록 자신을 막는지 그 이유는 뻔했다.

자신에게서 악제와의 강력한 인연을 느꼈을 터.

또다시 그런 괴물이 탄생하는 것을 막지 않을 수가 없는 것이다.

모순(矛盾).

이들이 악제를 방치하는 이상, 인과니 섭리니 떠들어 봤자 루인에겐 모두 개소리로 들릴 뿐이었다.

그때.

-개입은 허락되었다.

ㅊㅊㅊㅊㅊㅊ-

측량할 수 없는 거력이 오실리어의 창끝에 모인다.

온몸의 피가 한꺼번에 끓어오를 정도의 강력한 마력 파동.

루인이 오실리어의 창끝이 향하고 있는 곳을 가늠하며 소
리쳤다.

"피해!"

미약한 소음.

하지만 상상할 수 없는 파괴력.

그것은 그저 새하얀 광선이었다.

지이이이잉-

살인 광선이 리리아의 마장기에 그대로 작렬했고.

"리리아!"

리리아의 마장기가 순식간에 용암처럼 붉게 변하자.

대마도사의 광활한 염동력이 순식간에 해저를 집어삼키며
예의 다크니스 필드(Darkness Field)가 현신한다.

냉혹한 루인의 두 눈.

그렇게 거대한 암흑을 드리운 채 그대로 리리아에게 짓쳐
든다.

콰아아아아아앙!

리리아의 투명한 동공에 터져 나가는 마장기의 파편들이

섬광처럼 아롱지는 그 순간.

그녀의 시야로 섬뜩한 광기로 일렁이고 있는 루인의 두 눈이 스쳤다.

"크읍!"

그의 등 뒤로 펼쳐져 있는 다크니스 필드가 검붉은 빛을 머금으며 일제히 타오른다.

감당할 수 있는 물리 방호력이 임계점에 도달한 것이다.

융합 마력과 헤이로도스의 술식으로 재탄생된 다크니스 필드는 루인이 알고 있는 어떤 배리어 마법보다 강력했지만 신의 의지를 막기엔 역부족이었다.

쩌저저저적!

다크니스 필드가 유리처럼 깨지기 시작했을 때.

생도들의 마장기에서 일제히 마력포가 불을 뿜었다.

콰아아아아앙!

콰아아아아아앙!

지천사 오실리어가 창을 거두고 방패에 몸을 숨기자.

단 한 번의 충격파로 온몸이 피에 젖은 루인이 그대로 허공으로 솟구쳤다.

희뿌연 빛살에 휘감기는 루인의 육신.

그것이 초강화 헤이스트라는 것을 알아본 다인이 경악하며 소리쳤다.

"이곳에서 죽을 셈인가!"

초강화 헤이스트.

현자 단계에서나 펼칠 수 있는 헤이스트의 최종 진화 술식.

초강화 헤이스트는 인간의 굴레를 순간적으로 초월할 수 있게 해 주지만 그 부작용과 후유증이 막심한 술식이었다.

하지만 루인의 심연 같은 두 눈에서는 일말의 망설임조차 느껴지지 않았다.

ㅊㅊㅊㅊㅊㅊ-

초강화 헤이스트의 새하얀 빛살이 가라앉자 이번에는 극한의 검붉은 기운이 그의 몸에서 퍼져 나오고 있었다.

대마도사의 융합 마력을 모조리 혈주투계에 밀어 넣은 것이다.

혈주투계(血珠鬪界).

제사계(第四界).

혈우마신투(血雨魔神鬪).

루인은 터질 듯이 부풀어 오른 자신의 핏빛 육체를 바라보며 악착같이 웃고 있었다.

이게 인간의 몸으로 가능했다니!

분명 샤이로벨이 있었다면 경악하며 말렸을 것이다.

그렇게, 혈우 지대를 누비던 가공할 마신(魔神)의 무투술이 인간계에 현신한다.

콰아아아아아앙!

콰아아아아아앙!

더 이상 그의 움직임은 눈에 보이지 않았다.

다만 피부를 찢을 듯한 충격파만이 사방에 가득할 뿐.

다인이 서둘러 강력한 배리어를 소환하며 마장기 쪽으로 다가왔다.

"웬만한 배리어로는 막을 수 없네! 모두들 이곳으로!"

일격 일격이 마력광선휘광포의 충격파와 맞먹는 위력.

하지만 어떤 생도들도 마장기와의 동조를 끊지 않았다.

충격파에 온몸의 피부가 갈라지며 피가 흘러나오는 데도 동조 마력관을 잡고 있는 손을 결코 놓치지 않는 것이다.

"뭐 하는 짓인가! 모두 함께 죽을 셈인가!"

"크윽! 비키세요!"

충격파에 의해 지천사 오실리어가 휘청일 때마다 마력포를 조준하며 기회를 포착하고 있는 다프네.

다인은 연신 방향을 바꾸고 있는 그녀의 마력포를 바라보며 멍해져 있었다.

이 와중에 마력포를 움직이다니!

그런 다프네를 바라보더니 악착같이 몸을 일으키는 리리아.

비록 마장기는 파괴되었지만 리리아는 자신이 할 수 있는 것을 해야만 했다.

천천히 허공에 망울져 가는 잿빛 구름.

그것은 분명 어브렐가 특유의 멸화 구름이었다.

다프네와 마찬가지로 정신없이 마력포를 조준하며 기회를 엿보던 시론이 경악했다.

"리리아! 그만해!"

멸화 구름.

자신의 마력을 일대에 산화시켜 주변 마력의 밀도를 높여 주는 어브렐가의 대표적인 자기희생 주문.

지금 리리아는 자신들의 동조율에 도움을 주기 위해 제 스스로 마력을 산화하고 있는 것이었다.

"시끄럽다."

문득 루이즈를 바라보는 시론.

그토록 정 많던 그녀가 어떤 표정의 변화도 없이 냉혹하게 마력포를 조준하고 있었다.

분명 루인은 기회를 만들어 줄 것이다.

〈방패를 통제하지 못할 때 관절을 노려요! 기회는 많지 않아요!〉

시론이 악마처럼 일그러진 얼굴로 이를 깨물었다.

"강마력 전개!"

리리아가 비틀거리며 쓰러진 그 순간.

퍼어어어어억!

둔탁한 타격음과 함께 전방의 상황이 드러난다.

분명 루이즈는 보았다.

활처럼 휘어진 거대한 창대, 그리고 처참하게 해저 바닥에 꽂혀 버린 루인을.

정신을 차린 그녀의 두 눈이 확인한 건 지천사 오실리어의 거대한 등이었다.

〈이때에요! 원소력 개방!〉

부우우우우웅─

마도 병기의 측량할 수 없는 거력이 다시 모인다.

다프네가 외쳤다.

"파멸!"

콰아아아아아아앙!

콰아아아아아아아앙!

일제히 불을 뿜는 마력포.

방향은 각기 달랐다.

이내 지천사 오실리어의 무릎과 발목, 어깨와 같은 관절 부위에 마력광선휘광포가 동시다발적으로 작렬했다.

쿵!

발목이 날아가며 지천사 오실리어가 무릎을 꿇었고.

어깨가 부서지며 창을 놓친다.

희열로 웃고 있던 다프네가 정신없이 주위를 두리번거렸을 때.

아직 혼절하지 않고 정신을 유지하고 있는 사람은 자신 하나뿐이라는 것을 확인할 수 있었다.

그러나.

지이이이잉-

무언가 힘이 빠지는 듯한 공명음과 함께 그녀의 마장기도 작동을 멈추었다.

마력 동조가 끊어져 버린 것.

그제야 다프네는 자신에게도 단 한 올의 마력조차 남아 있지 않다는 것을 깨달았다.

"아아—"

마력 동조관을 잡고 있던 손에서 힘이 풀린다.

그렇게 다프네는 쓰러졌다.

하지만 그녀는 웃고 있었다.

허물어져 가는 시야.

아공간의 틈이 벌어지며 익숙한 마장기가 소환되고 있는 것이다.

"루인 님……."

하이베른가의 대공자.

그의 마장기.

콰아아아아아아아앙!

그녀가 마지막으로 본 것.

그것은 거대한 충격파와 함께 터져 나가는 지천사 오실리어의 머리통이었다.

◆ ◈ ◆

마법사들의 후방.

세 명의 동대륙인들이 어색하게 굳어진 채로 서 있었다.

산산조각 나 버린 오실리어의 머리.

챠스단의 동공이 쉴 새 없이 흔들린다.

"저 엄청난 비경(秘境)의 괴물이……."

전력을 다해서 공격을 했는데도 검이 박히지조차 않았다.

차오른 달의 비명, 챠스란.

부족 내 최고의 전사라는 영광은 한없이 무기력하기만 했다.

전사로 살아오며 적을 앞에 두고 그런 절망적인 감정이 느껴진 것은 살면서 처음 겪는 것.

한데 그런 공포의 존재를 저 비실비실한 술사 놈들이 불과 3분여 만에 해치워 버린 것이다.

"대장! 서대륙인들은 약하다고 하지 않았나?"

"믿기지가 않는다 대장! 서대륙의 술사 놈들이 이렇게나 강했다니!"

그런 동대륙인들과 비슷한 감정을 느끼는 건 란시스도 마찬가지.

"⋯⋯."

그는 한없이 생도들의 마장기만을 바라보고 있었다.

아직도 시뻘겋게 달아오른 동체에서 강한 수증기가 쉴 새 없이 뿜어지고 있었다.

싸울 엄두조차 나지 않는 신적인 존재를 상대로도 저 하이베른가의 대공자는 결코 물러섬이 없었다.

분명 란시스는 보았다.

오실리어를 상대하는 그 모든 과정에서 저 루인은 단 한 번의 망설임조차 없었다는 것을.

그는 마치 이런 전투를 수도 없이 반복한 인간처럼 지극히 냉철하고 기계적으로 움직였다.

순간순간의 판단력.

무모할 정도의 과감함.

더욱이 마법사들을 통제하는 그 과정 역시 철저한 지휘관의 면모가 엿보였다.

과연 저 신적인 괴물을 상대로 저런 냉정함을 보여 줄 수 있는 사람이 이 세상에 얼마나 존재할 수 있을까?

란시스는 마치 전설처럼 전해 내려오는 발러가의 옛 영웅을 보고 있는 것만 같은 느낌이 들었다.

그때 리리아가 혼절하며 쓰러졌다.

어브렐가 고유의 자기희생 주문, 멸화 구름.

남김없이 마력을 소진한 결과, 마법사에게 가장 치명적인 극한의 마나 번(Mana Burn)이 찾아온 것이다.

우우우웅─

하이베른가의 대공자가 소환한 마장기가 미지의 아공간으로 스며들자.

여전히 피가 범벅이 된 채로 그는 비척거리며 일어나고 있었다.

어떤 감정도 떠올라 있지 않은 무심한 그의 표정.

란시스가 질린다는 표정으로 다가가 그런 루인을 부축했다.

"괜찮나?"

루인은 대답 대신 란시스의 몸 이곳저곳을 바라보고 있었다.

"고맙군."

어색하게 웃어 보이는 란시스.

"할 수 있는 걸 했을 뿐이다."

란시스는 그 나름대로 열과 성을 다해 생도들과 마장기들을 보호했다.

눈에 띄는 외상은 없었지만 한동안은 심각한 후유증을 걱정해야 될 정도로 투기가 많이 상한 상황.

그의 그런 상태를 루인이 한눈에 알아본 것이다.

란시스의 시선이 어느덧 오실리어를 향했다.

"정말 저 신적인 존재를 죽인 건가?"

루인이 피식 웃었다.

사념체에게 죽음이란 존재할 수가 없다.

애초에 필멸자가 아닌 이상, 그들에게 죽음은 허락된 섭리가 아니었다.

"신이 죽을 리가 없지."

란시스의 얼굴이 금방 공포로 물들어 갔다.

"여기서 더 싸워야 한단 말이냐?"

란시스는 암울한 표정으로 현장을 살피고 있었다.

마장기는 모두 마력의 빛을 잃어 가며 수증기만 내뿜고 있었다.

마장기를 구동하던 마법사들 역시 모두 새하얗게 눈을 뒤집은 채로 혼절해 버린 상황.

제대로 서 있는 건 자신과 이 하이베른가의 대공자, 그리고 저 속 모를 알칸의 마법사뿐이었다.

물론 동대륙인들도 멀쩡했지만, 루인과는 달리 란시스는 그들을 동료로 생각하지 않았다.

웨자일인들에게 동대륙인은 공포와 두려움, 또한 미지의 대상일 뿐이었다.

그때.

지천사 오실리어가 기우뚱거리며 거대한 자신의 동체를

일으키고 있었다.

쿠쿠쿠쿠쿠쿠

"루, 루인!"

천천히 몸을 일으키며 루인을 직시하고 있는 지천사 오실리어.

머리가 없었으나 그가 루인을 바라보고 있다는 것을 명확히 인지할 수 있었다.

지천사의 상징, 심판의 검.

루인의 음울한 두 눈이 천천히 검을 치켜올리고 있는 오실리어를 무심히 응시하고 있었다.

"피, 피해!"

"기다려라."

"뭐?"

이해할 수 없다는 눈으로 루인을 쳐다보고 있는 란시스.

하지만 루인은 방금의 그 긴박한 상황 속에서도 똑똑하게 들은 영언(靈言)이 있었다.

하늘을 향해 두 손을 뻗고 있는 두 신상을 향해 시선을 옮기는 루인.

어느덧 신상들은 신의 의지를 구현하던 마력을 멈추고는 자신들의 거대한 창을 꼬나들고 있었다.

쿵!

쿵!

신상들이 자신들의 전면을 막아선 채로 지천사 오실리어
를 향해 창날을 높이 세우자 란시스는 극도로 당황해했다.

"뭐지 이건?"

두 신상과 지천사 오실리어는 분명 같은 신의 뜻을 함께 헤
아리며 의지를 발현하는 존재.

한데 이 괴이한 대치 상황은 대체 뭐란 말인가?

이내 루인의 비틀린 입매가 기이한 조소를 그려 냈다.

"인형들끼리도 의견이 안 맞는 걸 보면 신이란 것도 별것
이 아닌 것 같군."

"의견이 다르다니? 그건 또 무슨 소리지?"

신의 의지를 대리한다는 지천사 오실리어가 마장기의 마
력 포격에 의해 맥락 없이 두들겨 맞기만 한 이유.

그건 바로 두 신상의 강력한 항의 때문이었다.

-모순된 존재를 또다시 모순으로 벌할 순 없다!
*--우리의 율(律)을 통과한 인간을 어찌 시험조차 치르지
못하게 하는 건가?*
-정말 그것이 주(主)의 뜻인가? 공의롭지 못하다!

두 신상들 내부에 존재하는 사념들은 쉴 새 없이 지천사 오
실리어를 힐난하고 있었다.

그들은 지천사 오실리어의 행동을 이해하지 못했고, 그것

120 하이페른가의 대공자 10

이 신의 오롯한 뜻이라는 것을 받아들이지 않았으며, 결정적으로는 자신들의 엄격한 판단을 탄핵한 지천사 오실리어를 향해 한없이 분노를 드러내고 있었다.

그 결과, 그들이 직접 물리적으로 지천사 오실리어의 앞을 막아서는 기상천외한 광경이 펼쳐지게 된 것이다.

테오나츠 마탑의 현자, 다인 역시 눈앞에서 펼쳐진 광경에 믿지 못하겠다는 눈치였다.

"어떻게 신의 대리자들이……."

지천사나 신상 같은 신의 의지를 대리하는 존재들은 섭리와 균형을 중시한다.

그들은 한 사안에 대하여 고의로 왜곡하거나 애써 부정하려 들지 않는다.

그것이 바로 신의 공의(公義).

어떤 불필요한 첨언도 필요 없는, 깨끗하고 올곧은 신의 의지였다.

한데…….

각국의 신전에 지금 자신이 보고 있는 모든 광경을 증언한다면 신의 역사가 다시 쓰여질지도 모를 충격적인 장면이었다.

위대한 신의 사역자들이 뜻을 대립할 수도 있다니!

신관들이 믿고 있는 신의 완전성이 완벽하게 깨어질 것이다.

다인의 멍한 두 눈이 루인에게 향했다.

저런 엄청난 존재들에게 모순을 불러일으키는 인간이라니 도무지 믿을 수가 없었다.

"……그대는 도대체 정체가 무엇인가?"

그것은 마법사이기 이전의 경외심.

현자의 지혜로도 해석할 수 없는 존재를 향한 순수한 경의였다.

그 순간.

콰콰콰콰콰콰쾅!

상상할 수 없는 격돌이 일어나 해저 전체를 집어삼킨다.

순간, 루인의 표정이 일변했다.

지천사 오실리어의 힘이 상상 밖이었기 때문이다.

란시스가 전력을 다해 투기의 장막을 드리운 채로 경악했다.

"허? 뭐야? 지금까지는 장난이었어?"

루인과 마장기를 상대하던 때와는 질적으로 다른 공격력.

태초신의 계약의 법궤, 최상단에 이름을 올리고 있는 지천사는 그야말로 현실 속의 재앙 그 자체였다.

터어어어어엉!

또다시 신상들이 지천사 오실리어의 창을 막아 냈다.

임계점까지 붉게 달아오른 루인의 다크니스 필드가 마장기와 생도들을 한꺼번에 보호하고 있었다.

"큽!"

콰아아아앙!

터어어어엉!

연속되는 충격파, 믿기지 않을 정도의 무한한 압력.

만신창이가 된 몸으로도 끝까지 다크니스 필드를 유지하
던 루인이 다급히 생명력을 폭발시켰다.

융합 마력이 모두 소진되어 마나 번이 닥쳐오자 혈주신의
권능을 이용해 또다시 생명력을 마력으로 치환한 것이다.

루인을 도와 강력한 배리어로 주변을 보호하고 있던 다인
이 기묘한 눈빛이 되어 소리쳤다.

"혈우변환(血雨變換)!"

생명력을 태워 마력으로 치환하는 혈우변환은 혈우 지대
의 권속들이 즐겨 쓰는 대표적인 권능.

드디어 저 하이베른가의 대공자가 혈우 지대와 닿아 있는
흑마법사라는 사실이 드러난 것이었다.

한데, 대마왕 베바토우라(ᵮᴚ3ᵹᵹᴁᴕ)의 반응은 보다 구체적
이었다.

-저, 저럴 수가!

영혼에 잠들어 있을 때는 자신의 일에 좀처럼 간섭하거나
반응하지 않았던 그가 갑자기 발작하고 나선 것.

-저, 저건 혈주신(血珠身)이다! 혈주투계의 수법이 틀림없다!

자신의 오롯한 주인, 대마신 므드라 님과 비견되는 마계 최고의 전투 마신.

악랄하고 잔혹한 절대자, 피를 자유자재로 다루는 혈우 지대의 정복 군주.

마신 샤이로벨.

마왕의 능력으로서는 결코 항거할 수 없는 절대자의 흔적이 비로소 눈앞에 나타난 것이었다.

'혀, 혈주신이라면……!'

그것은 다인도 익히 알고 있는 권능이었다.

마신 샤이로벨을 최고의 전투 마신으로 거듭나게 만들어 준 권능.

대마신 므드라가 절대악 발카시어리어스의 직접적인 축복을 받고도 만 년 가까이 공을 들이고 나서야 겨우 승리할 수 있었던 처절한 역사.

귀가 따갑도록 들어 왔던 그 위험한 마신의 이름을 다인도 잘 알고 있는 것이었다.

'그럼 저 하이베른가의 대공자가 마신(魔神)의 계약자란 말인가……?'

-틀림없다! 놈은 쟈이로벨의 계약자다!

하지만 베바토우라는 함부로 현신할 수 없었다.

그의 권속이라면 몰라도 혈우 지대의 지배자인 마신 쟈이로벨은 결코 함부로 상대할 수 없었다.

아무리 므드라 님에 의해 날개가 뜯겨 권능의 일부를 잃었다지만 그는 마왕과는 격을 달리하는 아득한 존재.

-기회를 엿보겠다! 놈에게 빈틈이 생기도록 유도해라!

마신 쟈이로벨의 영혼과 연결되어 있을 저 루인이라는 인간의 뇌.

그런 놈의 뇌를 부술 수만 있다면 서풍 지대는 적어도 수천 년의 평화를 담보할 수 있게 된다.

눈앞에 있는 건 무려 마신 쟈이로벨의 혼주(魂主)였다.

하지만 다인은 알 수 없는 표정으로 서 있었다.

대체 이 무식한 마왕 놈은 테오나츠를 대표하는 현자의 마도의식을 뭐라고 생각하는 거지?

'당신에게 협잡 따위를 약속한 적은 없다.'

-뭣이! 이놈!

생명력을 태워 가며 다크니스 필드를 유지하고 있는 루인의 근처로 다가간 다인이 함께 수인을 뻗었다.

현자의 전력이 담겨 있는 대방호 결계 '대지의 안식'이었다.

츠츠츠츠츠-

루인이 다크니스 필드 위로 겹쳐진 투명한 막을 바라보자.

"5분 정도 버틸 수 있을 것 같군."

다인이 나머지 손으로 로브를 뒤져 영롱한 빛으로 반짝이고 있는 포션을 꺼냈다.

"본 마탑의 마도학자들이 제조한 최상급 마력 포션이네."

극도로 희귀한 마력 포션은 마법사의 생명줄이나 다름없는 귀한 물건.

그것도 알칸 제국의 마도학자들이 제조한 최상급 마력 포션이라면 그 가치를 헤아리기조차 힘들 것이었다.

물론 루인은 그의 호의를 거절하지 않았다.

그렇게 루인이 마력 포션을 곧바로 마시자 다인이 전방을 시선으로 가리켰다.

"끝내시게. 그대의 마도(魔道)라면 이 상황을 해결할 방법이 있겠지."

삐딱하게 고개를 비트는 루인.

"갑자기 왜 이러는 거지?"

지금까지 내내 비협조적이었던 다인.

한데 그의 태도가 완전히 변해 있었다.

고아한 손놀림, 정중한 마도의식으로 화답하는 다인.

"대마도사가 해내지 못한다면 여기서 이 상황을 해결할 사람은 아무도 없네."

테오나츠의 현자가 마침내 루인의 마도를 직시해 낸 것이었다.

Chapter. 70

끝없이 이지러지는 시야.

귓가를 자극하는 어지러운 이명.

마나 하트 역시 그야말로 텅 비어 버린 상태.

그런 상태에서도 리리아는 악착같이 몸을 일으키고 있었다.

그나마 오랜 기간 달리기로 육체를 단련한 덕분인지 지독한 마나 번이 닥쳤음에도 고개 정도는 가눌 수 있었다.

그런 리리아의 시선에 루인이 담겼다.

절로 터지는 안도의 한숨.

그녀가 의식을 잃어 가는 와중에서도 악착같이 정신을 차린 건 루인의 생사가 걱정되었기 때문이다.

한데.

"그만! 그만하게! 이 해역 전체를 세상에서 지워 버릴 셈인가!"

극한의 공포로 가득 물든 다인의 얼굴.

리리아 역시 그가 겪고 있는 공포의 근원을 곧바로 감지해 낼 수 있었다.

"루인……?"

그가 허공에 술식을 덧씌우고 있었다.

무한한 염동(念動), 추측할 수 없는 지혜로 마치 화가처럼 미지의 회로를 완성해 가고 있는 것이다.

콰아아앙!

콰아아아앙!

다인의 대단위 방호 마법 바깥쪽에서 연이어 번지고 있는 충격파.

놀랍게도 거대한 신상들이 지천사 오실리어와 처절한 전투를 벌이고 있었다.

두 눈을 동그랗게 뜨고 있는 리리아.

대체 또 루인이 무슨 짓을 저질렀기에 저런 신적인 존재들이 시간을 벌어 주고 있는 거지?

순간 그녀는 루인이 과거에 했던 말이 떠올랐다.

—루인. 과연 마법사가 전장에서 그런 이상적인 환경을 경

험할 수 있을까?

-네가 단 한 번의 마법으로 일거에 전세를 역전시킬 만한 마법을 보유하고 있다면. 그런 믿음을 동료들에게 주었다면 반드시.

전장의 급박한 환경 속에서도 어떤 시간제한 없이 술식을 완성할 수 있는 환경.

분명 루인은 지금 마법사에게 있어서 가장 이상적인 환경 속에서 미지의 마법 하나를 완성해 가고 있었다.

꿀꺽. 절로 침이 넘어갔다.

리리아는 단 한 번도 루인의 전력이 담긴 마법을 보지 못했다.

그건 지금까지 그를 겪은 누구나 마찬가지.

루인이 지금까지 보여 준 마법들은 순간순간의 임기응변에 가까운 즉흥적인 술식, 혹은 전설처럼 전해 내려오는 헤이로도스 술식의 지극한 일부였다.

더욱이 루인은 그런 마법들조차 대부분 염동 마법으로 처리해 버리는 무식한 마법사.

한데…….

그런 그가 자신의 모든 것을 쏟아부으며 섬세하게 술식을 완성해 나가고 있었다.

리리아는 크게 눈을 뜬 채로 그가 완성해 나가는 술식을 끊임없이 살피고 있었지만, 몇몇 회로들의 이론적 특성만 이해할 수 있을 뿐 마법의 정체조차 파악할 수가 없었다.

대체 저게 뭐지?

전설처럼 전해 내려오는 유성 폭풍?

드래곤들의 전유물인 헬 파이어(Hell Fire)?

그렇게 리리아가 이런저런 상념을 이어 나가고 있을 때.

지지직!

지지지지직!

농축되고 농축된 마력들이 구현 임계점에 다다르자 공간마저 일그러질 정도로 강력한 마력을 뿜어 대기 시작했다.

루인의 근처에 있던 란시스와 다인이 경악한 얼굴로 그의 주변을 벗어났다.

마침내 허공에 드러난 무엇.

마치 그것은 끝 모를 심연과 함께 드러난 세계의 구멍(Hole) 같은 것이었다.

보는 순간 근원을 알 수 없는 절망이 피어났다.

그렇게 란시스는 루인이 소환한 미지의 마법을 외면할 수밖에 없었다.

"현자! 대체 저게 뭐지……?"

란시스의 질문에 다인은 대답할 수 없었다.

현자의 눈으로도 저 루인이 펼친 마법의 결을 살필 수 없는 건 마찬가지였다.

다인이 할 수 있는 건 그저 로브의 품을 뒤져 리퀴르 측정기를 확인하는 것뿐이었다.

'70만 리퀴르……!'

게이지가 세 번이나 도는 것을 똑똑히 확인한 다인.

그 현실감 없는 숫자에 그는 넋이 나가고 말았다.

저 술식 하나에 담겨 있는 마력이 마장기의 마력핵, 강마력 엔진의 출력조차 능가한다는 의미.

마장기가 출현하기 전만 해도, '세계의 절망'이라 불렸던 드래곤의 브레스를 수십 번 반복할 수 있을 정도의 엄청난 마력양이었다.

자신이 아는 한, 이 세상에 존재하는 그 어떤 마법, 그것도 단일 마법에 저만한 마력이 소모되는 마법은 존재하지 않았다.

현자 여러 명이 함께 모여 완성하는 협력 술식조차도 고작 수만 리퀴르가 허용 임계점이었다.

'대체 저놈의 정체가 뭐지?'

농담 삼아 대마도사라고 불러 주긴 했지만 이 정도라면 대마도사 이상이지 않은가?

그렇게 루인이 '흑암의 공포'라고 불렸던 이유가 수만 년의 시간을 격하고 다시 세상에 드러난다.

마신 쟈이로벨의 소멸 마법을 인간의 시각으로 재해석한.

순간적으로 시간선조차 붕괴될 만큼의 절대적인 위력의 술식.

영원 소멸 마법.

다크니스 익스팅션(Darkness Extinction).

악제의 군단을 공포로 몰아넣었던 그 절대적인 마법이 다시금 세상을 향해 은밀한 촉수를 펼치고 있었다.

상상할 수 없는 마력의 압축 파동.

너울거리는 흑암이 세계에 닿는 순간 모든 것이 소멸되어 사라진다.

세계를 잠식하고 있는 흑암의 기운.

그 어두운 힘은 흙, 염분, 수분 구분할 것 없이 공평하게 소멸시키며 직선으로 나아가고 있었다.

그 충격적인 광경에 다인이 황급하게 방호 술식을 거둔 그 순간.

쏴아아아아아—

의외로 소음은 그리 크지 않았다.

급격하게 세를 불린 흑암의 기운은 신의 기운을 마음껏 뿜어내던 지천사 오실리어는 물론 두 신상까지 함께 덮쳐 가고 있었다.

적과 아군 따위의 구분은 무의미했다.

공포(恐怖)란 모두에게 닥치는 것이니까.

쏴아아아아아아—

발밑, 무릎, 허리, 상체.

마치 태초로 되돌아가듯, 지천사 오실리어의 거대한 동체가 이 세계에서 '삭제'되고 있었다.

두 신상들도 마찬가지.

그들의 거대한 동체가 어둠에 모두 잠식되었을 때.

주인을 잃은 육중한 세 개의 창이 동시에 해저 바닥으로 떨어졌다.

쿠우우우우웅!

단지 그게 다였다.

전율적인 힘으로 상상할 수 없는 공방을 주고받던 신적인 존재들이 그렇게 세상에서 완벽하게 소멸되어 버린 것이다.

하지만 루인은 안도하지 않았다.

자신이 소멸시킬 수 있는 건 그저 물질.

두 신상과 지천사 오실리어의 동체를 구동하던 신의 사념들이 여전히 자신을 주시하고 있다는 것을 루인은 잘 알고 있었다.

시간이 문제일 뿐, 저들은 언제든지 다시 육체를 재생시킬 수 있는 것이다.

그것이 신(神), 혹은 '존재'라 불리는 자들.

팟-

중위 텔레포트로 다시 루인에게 근접한 다인이 넋 나간 얼굴로 중얼거렸다.

"방금 그게…… 정말 마법인가?"

루인의 마법이 어떤 이론으로 구동되는 건지, 어떤 성질을 구현해 내는 건지 다인은 아무것도 파악할 수 없었다.

영원 소멸 마법, 다크니스 익스팅션은 마신 쟈이로벨조차
도 경이롭게 여기던 흑암의 공포의 절대적인 마도(魔道).

"보다시피."

그런 루인의 두 손에서 몇 개의 마정석이 푸스스 바스러지
고 있었다.

핏빛 한 점 없는 그의 얼굴.

이번에도 그는 다크니스 익스팅션을 완성하기 위해 남아
있는 생명력 대부분을 마력으로 치환한 듯 보였다.

뒤늦게 도착한 란시스가 다급히 외친다.

"현자! 이제 어떻게 되는 거지? 신상들도 없어져 버렸다고!"

"그건……!"

그에게도 이런 경우는 처음일 터.

아무리 현자라고 해도 알 턱이 없었다.

그 순간 다인의 얼굴이 더욱 핼쑥해졌다.

우우우우웅─

해저 바닥에 떨어져 있던 두 보석이 빛을 잃어 가고 있었다.

수기를 막아 내고 있던 거대한 마력의 힘이 사라지고 있는
것이었다.

쏴아아아아아아!

저 멀리 폭포처럼 쏟아진 바닷물이 해일처럼 해저를 덮쳐
오고 있었다.

란시스의 판단은 빨랐다.

전력으로 투기를 운용하던 그가 루인을 향해 눈을 빛냈다.

"마법사들은 내가 구할 수 있다. 하지만 저 마장기들은?"

"소란 떨지 마."

츠츠츠츠츠츠-

무심한 얼굴의 루인이 소환한 건 아공간 헬라게아.

그 속에서 거대하고 흉측한 무언가가 천천히 동체를 드러내고 있었다.

그것은 마계의 깊은 심연에 사는 특급 마수종, 광란비마(狂亂飛魔)의 사체였다.

그 압도적인 그로테스크에 란시스가 구토를 참으며 되물었다.

"그, 그 괴물은 또 뭐지?"

루인이 수인을 맺자 정신을 잃고 있던 생도들의 몸이 하나둘 떠올랐고.

그렇게 생도들을 중력 역전 마법으로 광란비마에 모두 태운 후 자신도 올라탔다.

역겨운 점액질이 발목까지 잠겼지만 루인은 표정 하나 변하지 않았다.

"죽고 싶지 않다면 당신들도 타라! 리리아 너도 어서!"

다인과 란시스, 리리아가 코를 막으며 광란비마에 뛰어든 그 순간.

촤아아아아아아아아아-

마침내 거대한 해일이 해저 분지를 모두 수몰시켰다.

잠시 후.

"웁푸!"

괴물의 점액질을 뚫으려고 안간힘을 쏟고 있는 란시스.

이미 마력 칼날로 점액질을 찢고 바깥으로 나온 루인이 그를 덮고 있는 점액질을 찢어 주었다.

"허억! 허억!"

서둘러 사방을 두리번거리는 란시스.

강렬한 태양이 내리쬐고 있는 대양의 한 중심, 바람 한 점 없는 무한해의 광경 그대로였다.

또다시 발밑의 괴물을 바라보는 란시스.

흉측하고 역겹기 짝이 없는 괴물이었지만 다행스럽게도 놈의 점액질 속에서는 숨을 쉴 수가 있었다.

이 괴물이 아니었다면 그 거대한 해일 속에서는 누구도 살아남지 못했을 터.

"대체 이런 무시무시한 괴물은 누가 잡은 거지? 설마 너냐?"

그때 다인이 몸을 일으키고 있었다.

투명한 점액질 속의 그의 얼굴은 벌써부터 극한의 공포로 질려 버린 상황.

루인이 그에게 다가가더니 이번에도 그의 얼굴과 몸을 덮고 있는 점액질을 찌익 하고 찢어 주었다.

곧바로 터져 나오는 홀린 듯한 다인의 음성.

"광란비마…… 맞는가?"

다인의 영혼 깊은 곳에서 이 모든 광경을 지켜보고 있던 베바토우라는 할 말을 잃고 말았다.

광란비마.

그 괴물을 형용하는 수식어 앞에 괜히 '특급'이라는 단어가 붙는 것이 아니다.

마계의 심연 깊은 곳에 서식하는 광란비마는 개체수는 얼마 되지 않지만 그야말로 마계 최상위의 포식자.

서너 마리의 광란비마가 출현했을 때 서풍 지대의 절반이 날아간 적도 있었다.

두세 개의 마왕군(魔王軍) 전체가 전력을 기울여야 상대할 수 있을 정도로 강력한 마수.

한데, 그런 광란비마가 형체조차 알아보기 힘들 정도로 짓이겨져 있었다.

도대체 무슨 수법으로 당한 건지 파악조차 할 수 없었다.

설마 이 괴물을 순수하게 두들겨 패서 잡은 건가?

광란비마의 거대한 동체 곳곳에 선명히 자리 잡고 있는 붉은 흔적들.

베바토우라의 짐작이 맞다면 분명 이건 혈주투계에 당한 흔적들이었다.

루인이 생도들의 새근거리는 숨소리를 확인하더니 다시 다인을 쳐다봤다.

"됐고. 이제 시험은 어떻게 된 거지?"

"……."

알 턱이 있나.

인도자인 신상이 소멸된 건 처음인데.

그런 다인의 황당한 눈빛을 읽었는지 루인이 짙은 한숨을 내쉬었다.

"젠장."

영원 소멸 마법 다크니스 익스팅션은 적군과 아군을 가리지 않는다.

그래서 루인은 전생에서도 웬만하면 이 마법을 쓰려고 하지 않았다.

술식을 발휘할 수 있는 환경부터가 제한적이었지만, 아군의 희생도 함께 발생할 수밖에 없다는 것이 가장 큰 문제.

〈 희미한 목소리가 들려와요. 〉

루인이 정신을 차린 루이즈를 향해 다급히 물었다.

"목소리? 누구?"

〈 신상에서 들려오던……. 〉

란시스도 물었다.

"그들이 뭐라는데?"

〈한 번만 살려 달라고 하는 것 같은데요?〉

◆ ◆ ◆

루인은 자신의 마나 서클, 오드(Ord)를 감싸고 있던 은폐
술식들을 모두 해제했다.

은폐 술식을 구동할 수 있는 마력도 얼마 남아 있지 않았
고, 어차피 생도들은 자신의 오드에 대해서 모두 알고 있었기
때문이다.

물론 현자 다인과 란시스가 보고 있다는 것이 조금 꺼림칙
하긴 했다.

하지만 다인은 모든 일에 대해서 비밀을 지키기로 마도의
식까지 한 사이니 별문제는 되지 않을 것이고, 이제는 정말
미래의 영웅인지 의심만 드는 저 란시스 녀석은 마법에 대해
백지나 다름없는 인간이었다.

무엇보다 이런 지독한 마나 번은 정말 오랜만이라 절로 몸
이 늘어지고 있었다.

"후우……."

기다랗게 심호흡을 하던 루인이 다시금 점액질에 몸을

담갔다.

광란비마의 광활한 등에 자리 잡고 있는 이 채액 분비선은 원래 마도 생물 특유의 마력 기관.

호흡을 통해 체내에 누적된 진마력을 특유의 산성 점액질로 전환하여 온몸에 생체 에너지를 공급하는 것이다.

그러므로 이 끔찍해 보이는 점액질은 의외로 이 세계 존재하는 어떤 물질보다도 완벽한 활력 포션이었다.

실제로 지천사 오실리어와의 전투 과정에서 입은 상처들이 모두 완벽하게 재생된 상태.

원래라면 지독한 마나 번에 정신을 잃었어야 정상이지만 이렇게 의식을 유지할 수 있는 이유 역시 이 점액질이 품고 있는 마력과 생기 덕분이었다.

'······.'

아직도 리리아를 제외한 생도들이 의식을 잃고 있었지만 곧 광란비마의 점액질에 의해 대부분 회복될 수 있을 것이다.

문제는 조금은 아깝다는 것.

아공간 헬라게아를 빠져나와 이렇게 공기에 닿아 버렸으니 이제 급속도로 부패할 터였다.

광란비마의 사체는 그 드넓은 헬라게아 속에서도 단 두 구뿐이었다.

희소성으로만 따진다면 마장기보다도 더욱 귀한 물건.

한데 가변세계 내부로 진입하기도 전에 벌써 이 귀한 활력 포션(?) 덩어리를 써 버렸으니…….

혼돈마의 꼬리 역시 텔레포트와 비슷한 위력을 보여 주던 처음과는 달리, 지금은 한 번에 갈 수 있는 거리와 속도가 제법 하락한 상태였다.

물론 아직 헬라게아 속에 들어 있는 보물들은 무한이나 다름없었지만 아직 악제를 상대하기도 전이었다.

슬슬 전략적으로 아껴야 할 때가 된 것.

지이이이잉-

오드의 주위를 힘없이 돌고 있는 고리들.

하지만 루인의 얼굴엔 점차 희열의 미소가 피어났다.

희미한 여섯 개의 고리 사이로 새롭게 태어난 새하얀 고리가 영롱한 빛을 머금은 채로 반짝이고 있는 것이다.

'7위계!'

마침내 여기까지 다시 정복했다.

그것은 참으로 극적인 순간에 일어난 기적이었다.

한계에 달한 염동력.

진폭에 진폭을 거듭한 마력.

단 한 톨의 마력도 남기지 않고 모두 소진해 버렸을 그때.

마치 새로운 세상을 향해 발아하듯, 과거의 힘이 다시금 모습을 드러냈다.

깨달음이나 마력 폭주 같은 힘겨운 과정은 필요 없었다.

대마도사가 원래 가지고 있었던 권능이었으니까.

새롭게 태어난 일곱 번째 고리는 자연스럽게 진폭하며 적응하고 있었다.

진마력이 아닌, 융합 마력으로 탄생시킨 고리라서 과거처럼 칙칙한 붉은빛이 아니라 순백처럼 새하얀 빛.

그 영롱한 모습에 순간적으로 루인은 넋이 나가 버렸다.

문득 시선을 옮겨 다인을 바라본다.

자신이 겪은 많은 마법사들처럼, 그 역시 이 오드를 처음 보았다면 온갖 의문이 닥쳤을 터인데 의외로 그는 말없이 자신의 오드를 관찰하고 있을 뿐이었다.

그때.

"푸아아앗!"

광란비마가 떠올라 있는 근처의 바다에서 거친 숨을 뿜으며 야성미 넘치는 사내의 머리가 드러났다.

미래의 해천의 영웅, 란시스였다.

"모두 찾았다!"

번쩍 들어 올린 란시스의 오른손에서 두 개의 찬란한 보석이 햇살에 반짝이고 있었다.

정말 저걸 찾아낼 줄이야!

아무리 무한해가 다른 바다보다 낮은 수심이라지만 해저 바닥에 있는 보석을 아무런 아티펙트도 없이 맨몸으로?

웨자일의 뱃사나이들이 수영을 잘하는 건 알고 있었지만 정말 보고도 믿지 않을 정도였다.

리리아와 함께 이미지에 빠져 마력을 다스리던 루이즈가
눈을 떴다.

〈그분들이 기뻐하시길래 설마설마했는데 정말 찾아오셨
군요. 대단하세요.〉

"크핫핫핫! 웨자일의 뱃사나이에게 이 정도쯤이야!"
란시스가 광란비마의 등 위로 올라오자 어느덧 싸늘한 눈
빛이 된 루인이 두 보석을 향해 입을 열었다.
"우리의 시험은 어떻게 되는 거지?"
그러나 신의 사념을 품고 있는 두 보석에서 영언은 들려오
지 않았다.

〈곧 알게 될 거라고 하세요.〉

권능의 일부를 잃어버렸는지 루이즈에게만 들리는 모양.
그때, 시론을 포함한 나머지 생도들도 하나둘 정신을 차리
기 시작했다.
"으으음…… 여긴 어디…… 히이이익!"
자신이 누워 있는 곳이 끔찍한 괴물의 등판이라는 걸 확인
하고는 기겁하며 일어나는 시론.
"꺄아아아아악!"

정신을 차리다 가슴을 감싸 안으며 주저앉는 다프네.

다프네뿐만 아니라 다른 생도들의 로브도 군데군데 구멍이 뚫려 있었다.

산성 점액질에 의해 녹아 버린 것.

대부분의 생도들이 외투나 하의가 상했는데 다프네의 경우만 조금 운이 없었다.

세베론이 끔찍한 표정으로 자신의 몸에 붙은 점막을 떼어 내며 루인을 바라보았다.

"……여긴 어디야?"

대신 대답하는 란시스.

"이 괴물이 없었다면 우린 모두 죽었다. 시끄럽게 굴지 말고 다들 물이나 마셔."

란시스가 수통을 건네자 생도들이 정신없이 물을 나눠 마셨다.

조금은 정신을 차린 시론이 루인에게 말했다.

"그 미친 신은 없앤 거냐?"

루인이 말없이 고개를 끄덕이자 이내 호쾌한 웃음을 터트리는 시론.

"크하하하! 꼴좋군! 하긴 그걸 맞고 누가 버틸 수 있겠냐! 신? 풋!"

시론은 마장기의 마력 포격 세례에 의해 지천사 오실리어가 죽었다고 생각하는 모양.

물론 루인은 굳이 그런 오해를 정정하진 않았다.

그때, 지금까지 내내 침묵을 유지하고 있던 다인의 목소리가 들려왔다.

"수몰된 마장기들은 어떻게 할 셈인가?"

마장기의 무게도 무게지만 해저 깊숙한 곳의 압력이 더해져 건져 내는 것은 불가능에 가까운 일.

루인의 시선은 어느덧 무한해의 깊숙한 해저를 바라보고 있었다.

"어쩔 수 없지. 돌아와서 방법을 찾는다."

"돌아온다라……."

다인이 씁쓸한 웃음으로 함께 해저를 바라보고 있을 때 다시 루인의 냉랭한 목소리가 들려왔다.

"신상이 또 있나?"

다인이 고개를 저었다.

"동대륙의 인간을 데려오는 인도자, 우리 베나스 대륙의 인도자. 그렇게 두 분뿐이네."

"그럼 다행이군."

그사이에 다른 방문자가 유적을 연다면 해저가 드러나 자신들의 마장기는 발견될 수밖에 없을 것이다.

하지만 두 신상은 육체를 잃었다.

해저 바닥에서 스스로 나오지도 못할 정도로 크게 권능의 하락을 맞이한 신상들이라면 적어도 몇 년간은 육체를 회복하지 못할 터.

누군가가 방문한다고 해도 신상이 없는 한 유적을 열 수는 없을 것이었다.

"대체 그 마법은…… 무슨 마법이었는가?"

신적인 존재들의 육체를 단숨에 소멸시켜 버린 절대적인 위력의 마법.

그것은 분명 인간의 마법사 어디에도 존재하지 않는, 그야 말로 상상할 수 없는 위력이었다.

그러나.

"그것만은 무리군. 당신과의 마도의식이 있었다고 해도 그 마법의 진명만큼은 밝힐 수는 없다."

다크니스 익스팅션.

흑암의 공포라는 이명으로 세계의 중심에서 군림했던 자 신.

하지만 그것은 위대한 마법이 아니라 단지 실패의 이름이 요, 악제를 멸하지 못한 대마도사의 수치였다.

세계를 구하지 못한, 어느 누구도 구원하지 못한 대마도사 의 비루한 마법.

그런 역사를 반복하기 싫은 루인으로서는 그 마법이 또다 시 세상에 알려지는 것을 원하지 않았다.

무엇보다도, 미완성의 마법이 현 세계의 마법사들 입에서 오르내리는 것을 대마도사의 자존심이 허락할 수 없었다.

이쯤에서 떠오르는 의문.

그것은 대마도사의 진정한 경지에서 펼친 절대 소멸 마법이 아니었다.

그럼에도 지천사 오실리어와 두 신상의 육체는 너무나도 무기력하게 소멸되어 버렸다.

그들이 완전한 의미의 '존재'가 확실하다면 이렇게 쉽게 승리를 내어 주진 않았을 터.

악제와 비교할 수는 없겠지만 그래도 존재들은 아무리 격이 낮은 자라도 대마도사인 자신을 압도하는 권능을 보유하고 있었다.

하물며 지천사는 계약의 법궤 최상단에 이름을 올리고 있는 천사가 아닌가?

그는 마신 쟈이로벨과 동등한 격을 지닌 신(神).

본체의 쟈이로벨이라면 자신으로서는 결코 상대할 수 없었다.

루인이 란시스가 들고 있는 두 신상의 보석들을 바라보았다.

"당신들에게 무슨 일이 있었던 거지? 설마 악제 놈에게 벌써 당한 건가?"

권능의 일부를 잃은 '존재'들.

만약 이들의 약화된 힘이 누군가의 의도로 인해 벌어진 일이라면, 그건 틀림없이 악제가 저지른 일일 것이다.

루이즈를 지그시 바라보는 루인.

그러나 그녀는 고개를 가로저을 뿐이었다.

저 신상들이 대답을 하지 않는다는 뜻.

"……."

놈이 이 기회를 놓칠 리가 없다.

놈의 '존재 사냥'은 이미 시작되고 있을지도 모른다.

외투를 둘둘 말아 상체를 가린 다프네가 루인을 향해 조심스럽게 물었다.

"무슨 일이라뇨? 그리고 악제라면?"

"두 신상은 몰라도 지천사 오실리어는 격에 비해 권능이 너무 약했다."

루인의 그 말에 동의한다는 듯 천천히 고개를 끄덕이고 있는 다인.

"맞는 말이네. 전해 내려오는 기록에 의하면 지천사 오실리어가 보유한 무한의 가면은 그 위력이 상상을 불허한다고 하지."

지천사 오실리어의 무한의 가면.

루인도 들은 적이 있었다.

역사가 기록하고 있는 대표적인 갓 핸드급 아티펙트.

"하지만 역사 속의 묘사는 하나같이 너무 터무니가 없지."

루인의 그 말에 다인이 동의한다는 듯이 고개를 끄덕인다.

전해 내려오는 기록들은 추상적인 서사시 수준이라 그것

152 하이펠른가의
대공자 10

이 실체라고 평가하는 학자들은 드물었다.

하지만 그는 이내 반론을 제기했다.

"하지만 그는 계약의 법궤에 이름을 올린 분명한 천사가 아닌가. 무한의 가면이 과장된 역사라고 해도 천사의 권능이 고작 창술뿐이라는 건 말이 되지 않네."

"……."

그제야 루인의 얼굴도 다인처럼 복잡한 빛을 띠기 시작했다.

그러고 보니 오실리어의 마법을 상대한 적이 없었다.

천사라면 분명 계약의 법궤에 적혀 있는 마법들을 자유자재로 구사하는 존재들이 아닌가?

게다가 신상들도 물리적인 창술에만 의지해서 지천사와 싸웠다.

"설마 신들이 마법을 잃은 거냐……?"

뜬금없는 시론의 의견 표명.

하지만 루인은 그 말에 일리가 있다고 생각했다.

침묵하고 있던 리리아가 의견을 보탰다.

"신상들은 우리 눈앞에서 마법으로 바다를 증발시켰다."

"그게 신들의 능력인지 저 보석의 능력인지 어떻게 알아?"

루인은 이 위험한 현상들이 가변세계와 결코 무관하지 않다는 생각이 본능적으로 들었다.

분명 악제가, 그 빌어먹을 놈이 뭔가를 시작한 것이 틀림없었다.

그때였다.

"푸아아아악!"

"푸우우우!"

갑자기 가쁜 숨을 내뿜으며 바다 위로 머리를 드러낸 세 명의 사내들.

해초로 범벅이 된 얼굴의 챠스단이 루인을 향해 원망의 눈초리를 그득 보내고 있었다.

"나의 아발라여! 그대는 의리가 없다!"

씁쓸하게 웃고 있는 루인을 향해 발작적으로 외치는 바칼.

"이게 초원의 의리냐! 위대한 다그마돈이 그렇게 가르쳤냐고!"

"캬아아악! 퉤!"

그렇게 동대륙의 전사들이 악다구니를 외치고 있을 때.

〈루인 님. 그분들이 힘을 쓰고 있어요.〉

우우우우웅-

두 보석이 남은 권능으로 마지막 찬란함을 불태우고 있었다.

"열리고 있군."

하늘로부터 일직선으로 내리쬐고 있는 미지의 새하얀 광선.

그 광선의 끝단이 닿은 곳.

모두가 집중하며 바라보고 있을 때, 그렇게 세계의 경계가 찢어지고 있었다.

눈부신 광휘에 휩싸인 채 신비롭게 너울거리고 있는 공간의 틈.

저 인도자의 차원문을 이렇게 빨리 보게 될 줄은 생각도 하지 못한 다인이었다.

"설마 방금의 그 전투로 모든 시험을 통과한 것으로 판단하셨단 말인가?"

인도자의 차원문을 흔들림 없는 눈으로 바라보고 있는 루인.

자신이 알지 못하는 차원, 과연 그 미지의 틈에서는 온갖 불안정한 마력이 쉴 새 없이 뿜어져 나오고 있었다.

극도의 불규칙성.

유적 내부가 가변세계라는 비셰울리스의 말이 사실이었던 것이다.

"안토 나홈 베드마, 지누 단 페흐미어⋯⋯."

갑자기 고대어를 연발하며 미지의 술식을 자신에게 시전하는 다인.

그 시전 과정이 일반적인 마법과는 전혀 달랐기에 루인이 금방 호기심을 드러냈다.

"무슨 마법이지?"

차분히 눈빛을 갈무리하며 술식을 음미하던 다인이 천천히 입을 열었다.

"옛 정령들의 정신 강화 술식이네."

"옛 정령?"

이 세계엔 출처를 알 수 없는 무수한 미완성의 마법이 존재했다.

그런 불완전한 마법들의 대부분이 '옛 정령들의 마법'으로 치부되고 있었다.

물론 합리적인 마법사들은 결코 그런 뜬구름 잡는 마법에 힘을 쏟지 않았다.

피식.

"도전 정신이 대단하군. 현자께서 그런 미신 따위에 기댈 줄이야."

괴팍한 마법사들 사이에서 떠도는 미완성의 마법에 기대고 싶을 정도라.

그가 얼마나 유적에서 기억을 잃지 않고 싶은지를 여실히 느낄 수 있는 장면이었다.

알칸 제국의 현자도 저만한 대비를 하는데 루인도 가만히 있을 순 없었다.

지이이이잉-

헬라게아를 소환하여 미지의 아티펙트들을 꺼내고 있는 루인.

베리알의 뼈갑옷.

뎀아올카의 뿔.

루타므의 영체 투구.

고야드의 뇌전 갑옷.

익숙한 아티펙트들이 차례로 드러나자 역시 생도들이 가장 반가워했다.

"잘 지내고 있었구나! 내 새끼!"

베리알의 뼈 갑옷을 빼앗듯이 낚아채며 연신 볼에 비비고 있는 시론.

"여전히 영롱하군요. 잘 쓸게요."

낚아챔과 동시에 루타므의 영체 투구를 머리에 쓰며 화사하게 웃고 있는 다프네.

"다른 건 더 없나?"

잽싸게 뎀아올카의 뿔을 품에 넣으며 퉁명하게 루인을 바라보고 있는 리리아.

"아아, 반가운 연기 갑옷이다."

콧구멍을 벌름거리며 마치 가보처럼 고야드의 뇌전 갑옷을 받아 드는 세베론.

무시무시한 마계의 보물들로 중무장한 생도들을 현자 다인이 멍하게 바라보고 있었다.

마왕 베바토우라가 몇 개는 알아보았기 때문.

"정말로 저것이 진마룡(眞魔龍)의 뼈로 만든 갑옷인가?"

시론이 화색으로 웃었다.

"이 갑옷을 아시나 봅니다?"

"그건……!"

다인은 더는 말하지 못하고 입을 다물 수밖에 없었다. 루인이 차가운 눈빛으로 노려보고 있었기 때문이다.

진마룡 베리알.

마족들이 터를 잡기도 전부터 지배자로 군림해 온 마계 최강의 생명체.

그 무시무시한 광란비마보다 더욱 상위의 격을 지닌 절대적인 마물.

그런 엄청난 존재의 뼈가 한낱 갑옷으로 변해 생기발랄한 생도들의 상체나 보호하고 있는 건 그야말로 지극한 괴리감이 아닐 수 없었다.

더욱이 다른 아티펙트들의 면면도 장난이 아니었다.

어떻게 인간 따위가 저 엄청난 물건들을 소유하고 있는 거지?

아무리 생각해도 베바토우라는 도저히 현실을 받아들일 수가 없었다.

"이번에도 루이즈 건 없나? 루인?"

"없다. 루이즈에겐 방해만 될 뿐이야."

루이즈는 진노하는 침묵의 영언자로 충분하다.

진노하는 침묵의 영언자로 발휘할 수 있는 권능인 마나 재밍

(Mana Jamming)조차 아직 온전히 다루지 못하는 상황.

이 와중에 다른 아티펙트까지 준다면 오히려 그녀의 경지에 방해만 될 뿐이었다.

이어 루인이 동대륙의 전사들을 향해 마군들이 쓰는 병장기 몇 개를 건네주었다.

우직한 표정으로 이리저리 병장기들을 관찰하던 그들이 이내 감탄을 터뜨렸다.

"대장! 우리 대평원산 강철보다 더 날카롭고 단단한 것 같다!"

"아발라여! 이건 정말 대단한 검이다! 대체 이 좋은 무기들을 어디서 구했지?"

말없이 다인을 바라보고 있는 루인.

"우린 준비가 끝났다. 진입하기에 앞서 특이사항은?"

"나도 모르네."

하긴 그의 기억은 늘 여기까지가 전부였을 것이다.

그것이 바로 제국의 현자든 친위 기사 유카인이든 공평하게 맞이하는 가변세계의 저주.

"너희들도 아는 게 없겠지?"

루인의 물음에 챠스단이 호쾌하게 대답했다.

"모든 건 전사의 운명에 따를 뿐!"

"맞다 대장! 어서 가자! 우리의 운명이 기다리고 있다!"

"우오오오! 호우!"

말을 말자는 듯 고개를 흔들던 루인이 잔풍계 마법을 일으켜 광란비마의 사체를 배처럼 움직였다.

차원의 틈에 가까이 다가갈수록 가변세계의 불규칙한 마력이 더욱 강하게 느껴졌다.

아직 마나 번에서 제대로 회복하지 못한 다프네가 헛구역질했다.

"우욱…… 무슨 마력이 이처럼…… 너무 복잡하고 어지러워요."

어느덧 차원의 틈으로 바짝 다가간 루인.

"명심해."

모두의 시선이 그에게로 몰렸을 때.

"이 경계 너머는 가변세계. 지금까지 경험한 모든 자연적인 질서를 잊어라. 무엇이든 일어날 수 있고, 또 일어나지 않을 수도 있다."

심각하게 고개를 끄덕이는 시론.

"우리의 마법이 무용지물일 수도 있다는 말이겠지?"

"단지 그것뿐이라면 운이 좋은 거겠지."

모두가 더없이 긴장하는 그 순간, 루인의 잔잔했던 목소리가 조금씩 강렬해졌다.

"같은 시간대, 같은 장소에 우리가 존재하지 않을지도 모른다. 지금의 육체를 유지한다는 확신도 없어. 그런 모든 변수를 통제하기 위해서 우리는—"

츠츠츠츠츠츠-

헬라게아를 소환한 루인.

이윽고 그는 암흑으로 일렁거리고 있는 헬라게아를 손짓으로 가리켰다.

"나를 제외한 모두가 이 아공간에 들어간다."

"뭐?"

"미, 미친!"

"미, 미쳤는가?"

마법을 조금이라도 아는 사람들은 모두 루인을 향해 거칠게 항의하고 있었다.

마법의 힘으로 공간의 한계를 무너뜨린 말 그대로 인위적인 아공간.

당연히 자연 상태의 물리적인 규칙이 전혀 존재하지 않는, 인간이 생존하는 데 필요한 그 어떤 환경도 제공하지 않는 장소였다.

빛과 어둠은커녕 숨을 쉴 수 있는 공기조차도 없는 지옥.

자연 상태의 중력과 압력, 기압 등도 아예 존재하지 않는 곳이었다.

"가변세계는 공간과 시간선이 붕괴된 곳. 섣불리 진입한다면 온갖 장소, 온갖 시간대에 각자 흩어질 가능성이 크다."

"그래도 어찌 사람이 아공간에서 생존할 수 있단 말인가!"

"그럼 다른 방법은?"

"허어! 그래도 이 사람이!"

"다른 방법이 있나?"

고심 끝에 내린 대마도사의 결론.

위험성은 분명 크지만 저 미지의 가변세계에 홀로 떨어져 고군분투하는 것보단 훨씬 나을 것이다.

"의미 없이 심력을 소모하고 싶진 않다. 이보다 더 좋은 방법이 생각나지 않는다면 그만……."

그때.

"아발라여. 여길 들어가라 이건가?"

"신을 이긴 술사들이다! 이 바칼은 믿는다!"

"꿀렁꿀렁 신비한 곳이다! 내가 먼저 가 보겠다! 대장!"

휘릭!

경쟁하듯 몸싸움을 하더니 이내 헬라게아 내부로 쏙 사라져 버린 동대륙인들.

그 무식한 광경에 란시스는 할 말을 잃고 말았다.

달랑 검 한 자루로 함대를 절멸시킨 강자들이 득실득실하다는 소문이 정말 맞긴 한 걸까?

순간 루인의 얼굴이 더욱 차갑게 굳어졌다.

"판단은 빨리. 내 계산대로라면 아공간에서 인간이 버틸 수 있는 시간은 5분 정도가 한계다."

"난 거절하겠네."

루인이 현자 다인을 쏘아보았다.

"왜지?"

"난 도박을 걸어도 상관없는 입장이네만 불행하게도 내 계약자께서는 상당히 거부감을 느끼는 것 같군."

이해가 안 되는 건 아니었다.

함부로 다른 존재의 아공간에 들어간다는 것은 자신의 운명을 맡기는 것과 마찬가지의 행동이니까.

혹여라도 아공간의 주인이 꺼내 주지 않는다면 영원한 암흑 속에서 차차 소멸될 것이었다.

"오케이, 입력 완료. 이따가 봐."

쑥.

늘 보수적이었던 시론이 뭐라 말할 틈도 없이 헬라게아 속으로 쑥 들어가 버렸다.

그를 따라 묵묵히 걸어가던 리리아가 반쯤 아공간에 몸을 걸친 채로 루인을 응시했다.

"꺼내 줘. 반드시."

끄덕끄덕.

루인이 무표정한 얼굴로 고개를 끄덕이자 한 차례 피식 웃더니 헬라게아로 진입해 버린 리리아.

다프네가 망연자실한 표정으로 아공간의 틈을 바라보고 있었다.

"아아, 전……."

"강요는 아니다. 네가 무슨 선택을 해도 나는 존중할 거다."

"아니, 그런 게 아니라……!"

루타므의 영체 투구의 더듬이가 힘없이 축 처져 있었다.

루인이 흐뭇하게 웃더니 그녀의 머리를 헝클었다.

"반드시 꺼내 준다. 빨리 선택해. 지금도 시간은 흐른다."

이내 두 눈을 힘껏 감은 채로 헬라게아로 뛰어드는 다프네.

이어 세베론과 루이즈가 동시에 몸을 날려 아공간으로 빨려 들어갔다.

남은 건 란시스뿐이었다.

"아? 난 널 못 믿는 게 아니라 그냥 마법에 대해 확신이 없어서. 하지만 그게 안 들어가겠다는 뜻은 아니고……."

"시끄럽다."

"뭐, 뭐야? 으악!"

란시스의 목덜미를 잡아당기며 그대로 아공간으로 밀어 넣은 루인.

이내 그가 헬라게아를 수습하며 재빨리 차원의 틈 앞에 섰다.

"그럼 행운을 빌지."

"따라가겠네."

ㅊㅊㅊㅊㅊㅊ-

차원의 틈 내부로 진입하자 시야가 붕괴되며 정신이 아득해진다.

루인의 입가가 기괴한 미소를 그리고 있었다.

164 하이빠른가의 대공자 10

Chapter. 71

자신의 영혼에 겹겹이 정신 방벽을 두르고 악착같이 버텨내던 루인.

시야가 몽글거리며 회복됐을 땐 후끈한 열기가 느껴지는 암흑 지대의 한가운데였다.

그렇게 루인은 정신을 차리자마자 융합 마력을 끌어올렸다.

평소처럼 완벽하진 않았지만 그래도 다행히 마력이 촘촘하게 모이기 시작했다.

우-우-우-웅-

곧바로 헬라게아를 소환해 동료들을 꺼내기 시작하는 루인.

헬라게아가 보내오는 '종속(從屬)의 환상'이 무한에 가까운 내부 물건들을 보여 주고 있었지만, 루인은 모든 정신을 집중하여 서둘러 동료들만을 검색해 냈다.

시론과 세베론, 다프네와 루이즈, 리리아와 란시스, 그리고 세 명의 동대류인.

"허어어억!"

"아아악!"

"히이익!"

육체가 물질계에 재구성되는 생소한 느낌에 기겁을 하고 있는 동료들의 비명 소리.

마침내 루인은 숨을 몰아쉬며 안도할 수 있었다.

"여긴 어디지?"

지독한 암흑이라 얼굴을 확인할 수 없지만 분명한 란시스의 목소리.

"나도 모른다. 다행히 마법이나 투기가 무용지물인 차원은 아니야."

〈 잠깐만요. 〉

희미한 빛이 허공에 맺혔을 때 루인이 다급하게 루이즈의 발광 마법을 디스펠했다.

"안전이 확인되기 전까진 함부로 마법을 쓰지 마라. 상황

파악이 먼저니까."

"너무 더워요."

한 치 앞도 보이지 않는 암흑도 문제였지만 찜통 같은 열기도 문제였다.

어딘가에 열원이 있다면 빛을 동반하기 마련인데 어디에도 빛은 발견되지 않았다.

"그런데 왜 동대륙인들의 목소리는 들리지 않는 거지?"

"잠깐, 여기 뭔가 걸리적거리는데요? 아앗!"

루인이 서둘러 다가가 다프네의 발밑을 손으로 매만졌다.

과연 동대륙인들이 아직 정신을 차리지 못하고 쓰러져 있었다.

"다행히 숨은 쉰다. 일시적으로 혼절했군."

혀를 차는 란시스.

"쯧쯧, 뇌 없이 먼저 들어가더라니."

그때.

푸르르르르—

나직한 진동과 함께 공명하듯 울려 퍼져 오는 미지의 소음.

마치 그건 짐승의 숨소리, 아니 트림하는 소리 같았다.

"설마 여긴."

리리아의 목소리는 조금 떨리고 있었다.

주변의 이곳저곳을 천천히 만져 보는 리리아.

끈적한 느낌의 벽면, 그러나 혈류가 흐르는 고동을 그녀는 똑똑하게 느낄 수 있었다.

"루인."

"그래. 여긴 누군가의 배 속이다."

빠르게 상황을 인식한 루인이 재빨리 발광 마법을 펼치며 주위를 살폈다.

끈적한 점액으로 얼룩진 구불구불한 벽.

발밑으로부터 서서히 차오르기 시작하는 미지의 액체.

틀림없었다.

이건 괴생물체의 위장 내부.

"모두 벽 쪽으로 붙어라! 저놈들부터 부축해!"

치이이이익!

천천히 차오르는 산성 액체에 닿은 신발이 타는 듯한 소리를 내며 녹아 버리자 시론과 란시스가 기겁을 하며 동대륙인들을 부축했다.

모두 한쪽 위벽에 모이자 다프네가 서둘러 방호 결계 마법을 펼쳤다.

지독한 산성 위액이 투명한 결계막에 막혀 더 이상 진입하지 못하고 있었지만 안심할 수 없었다.

결계막이 금방 푸르게 변하며 마력 강하 현상이 발생했기 때문.

5위계 방호 마법이 순식간에 녹아내리는 광경에 생도들의 얼굴이 하나같이 창백하게 변했다.

저 산성 위액의 위력이 그만큼 강력하다는 증거였으니까.

"우리를 소화할 음식물로 여기나 보군."

냉랭한 표정의 루인이 수인을 맺자 예의 칙칙한 다크니스 필드(Darkness Field)가 구현되며 주변을 에워쌌다.

7위계의 경지에 오른 루인의 술식은 더욱 강력해졌지만 아직 염동력과 마력이 모두 회복된 건 아니었다.

마나 번을 겪는 상태에서 경험할 수 있는 특유의 끔찍한 고통이 루인의 대뇌를 휘감았다.

다프네의 방호 술식과는 달리 다크니스 필드가 온전히 산성 위액을 막아 내자 시론이 안도의 한숨을 내쉬었다.

"후우⋯⋯."

주변을 살피며 경악하는 다프네.

"대체 어떤 괴물의 배 속일까요?"

분명 위장 내부가 분명한데 그 크기가 상상을 불허했다.

거의 마장기의 한 대의 크기에 육박하는 위장.

위가 이 정도라면 도대체 몸은 얼마나 크다는 거지?

그러나 대마도사의 상황 인식은 좀 달랐다.

"괴물의 배 속이건 뭐건 더 중요한 건 이곳의 마력이 매우 이상하다는 거다."

"네? 전 별다른 이상한 점을 찾지 못했는걸요?"

약간의 이질감이 느껴지긴 했지만 분명 방호 술식을 구현하는 데는 별문제가 없었다.

한데 루이즈가 루인의 의견에 동조하고 나섰다.

〈이 세계의 마력은 제 감각과 쉽게 연결되지 않아요. 마치 이건…….〉

"그래. 마치 타인의 마력 같지."

〈네. 분명 그런 느낌이 들어요.〉

이미 누군가에 의해 한 차례 가공된 듯한 기묘한 이질감을 품고 있는 마력.

"란시스. 네 투기는 이상 없나?"

루인의 질문에 란시스가 어깨를 들썩거렸다.

"별로. 오히려 투기의 활성력이 더 높아진 느낌이다. 그나저나 네 예상이 맞았군. 알칸의 현자는 어디에도 보이지 않아."

현자 다인의 모습은 위장 내부 어디에도 보이지 않았다.

루인 역시 도착하자마자 그가 가진 특유의 마력 잔향을 추적했지만 발견할 수 없었다.

그는 결국 이 가변세계의 다른 어딘가에 떨어진 것이다.

뒤늦게 상황을 인식한 생도들은 루인의 혜안에 감탄할 수밖에 없었다.

아무런 대비도 없이 테아마라스의 유적에 들어왔다가 뿔뿔이 흩어진 상태로 탐험을 시작했을 거라 생각하니 소름이 다 돋아날 정도.

홀로 이 거대한 위장 내부에 갇힌 채로 탐험을 시작했다면 여기서 냉정을 유지할 수 있는 생도들은 아무도 없었다.

츠츠츠츠츠-

세베론은 신중한 표정으로 주위의 마나와 자신의 마력을 동조 감응하고 있었다.

마장기의 오너 매지션이 된 생도들의 동조 감응력은 일반 생도 수준을 아득히 상회할 정도로 발전한 상태.

수많은 마정석을 평범한 돌덩이로 만들며 진화를 거듭해 온 생도들의 수련 방식은 어떤 마법사도 경험하지 못한 특이한 수련법이었다.

동조 감응력만 따진다면 적어도 최상위 마도학자급.

"루인 말이 맞아. 언뜻 느끼기엔 마나의 활성 수준이 높아서 술식에 잘 녹아드는 것 같지만 결국은 이렇게 돼."

지이이이잉-

세베론의 술식에 의해 쉴 새 없이 활성을 거듭하고 있던 마력의 파장이 점차 저감도의 파장으로 바뀌고 있었다.

활성 마력의 진폭이 줄어들며 술식이 품고 있는 위력 자체가 급격하게 저하되고 있는 것이다.

"이게 다프네의 결계가 쉽게 녹아내린 이유야."

그제야 모든 생도들의 얼굴이 심각하게 변했다.

세베론의 말대로라면 단순한 술식은 문제없을 테지만 고위 술식을 전개하는 데는 큰 어려움이 있는 것이다.

그 즉시 루인은 헬라게아에서 몇 개의 마정을 꺼내 순식간에 마정석으로 가공하여 생도들에게 나눠 줬다.

그의 의도를 읽은 생도들이 신중한 표정으로 마정석에 동조 감응력을 드리우기 시작했다.

순간 막강한 마나의 파동이 생도들을 휘감았다.

"윽!"

믿을 수 없다는 듯한 눈으로 자신의 내부를 살피는 시론.

마정석을 마력의 원천으로 삼자 상상할 수 없는 마력이 마나 서클을 휘감고 있는 것이다.

동조 감응력 수련을 하지 않았다면 진즉에 마력 폭주로 정신을 잃어버렸을 정도의 아득한 마력량.

정말이지 이런 엄청난 마력이라면 무슨 짓이든 할 수 있을 것만 같았다.

"아아…… 이래서 다들 마정석 마정석 하는군."

"정말 엄청나요!"

마정석의 기운에 취한 생도들은 하나같이 희열에 빠져 있었다.

란시스가 부럽다는 듯이 입맛을 다셨다.

"나도 좀 주면 안 되냐? 너무 불공평하잖아! 쟤들은 무기도 받고 마정석도 받았는데 난⋯⋯."

"조용."

꾸르르르륵―

또다시 위장 내부에 광활한 공명음이 울려 퍼진다.

다크니스 필드에 의해 가로막혀 있던 위액의 수위가 급속도로 불어나기 시작했다.

그 순간.

촤아아아아―

무언가가 위장 내부로 쏟아졌다.

발광 마법에 의해 드러난 그것들의 정체에 생도들이 기겁하기 시작했다.

"우웨에에엑!"

"저, 저게 뭐야!"

엄청난 양의 사체들.

그것은 그야말로 한 번도 보지 못한, 인간의 어떤 상상력에서도 존재할 수 없는 괴생명체의 사체들이었다.

수백 개의 젖가슴과 흉측한 촉수가 달려 있는 기괴한 살덩이.

전신에 날카로운 이빨로 가득한 이빨 괴물.

기괴한 모양의 다리 수천 개가 흐느적거리고 있는 거대 눈알.

'그것'들은 인간이 알고 있는 모든 생체 진화의 역사를 부정

하는, 그야말로 이 세상에 존재할 수 있는 가장 끔찍한 형태의
괴물들이었다.

흉측한 몰골도 보기 힘든데 질경질경 씹힌 상태로 위장에
들어왔으니 그 압도적인 그로테스크에 정신이 달아날 지경.

몇몇 괴물들이 여전히 살아 있는 상태로 고통의 괴성을 지
른다. 그러자 위장 전체가 끔찍한 소음으로 가득해졌다.

키에에에에에!

꺄우우우우우!

한꺼번에 괴물이 쏟아져 내린 압력, 거기에 가공할 산성 위
액이 더욱 차오르며 부글부글 끓기 시작하자 다크니스 필드
가 방호력의 한계를 드러내며 시뻘겋게 변해 갔다.

그때 루인의 손에서 마정석 하나가 부서졌다.

꾸드드득

경악하는 시론.

마정석을 단숨에 깨뜨렸다면 하나의 술식에 그 엄청난 마
력들을 모두 담아내겠다는 의미.

시론은 광란비마 위에서 똑똑히 보았다. 마침내 탄생한 그
의 일곱 번째 고리를.

6위계 상태에서도 현자급 술식을 난사하던 그가 진정한 마
도(魔道)의 경지라는 7위계를 정복한 마당.

지금은 도대체 얼마나 엄청난 마법을 발휘할 수 있을까?

마정석의 밀도 높은 마력을 게걸스럽게 빨아들인 루인의

오드가 거칠게 맥동하기 시작했다.

진(眞) 혈우 마법.

인간의 수준에 맞게 위력을 낮춘 열화판 마법이 아닌, 진정한 마신의 절대적인 흑마법.

그런 마신의 흑마법이 루인의 새로운 마법 체계로 해석되어 진마력이 아닌 융합 마력으로 구동되고 있었다.

메토가우바 드라나카(ЖЧІАНЗ ЗІЄНЖ◌).

비생물체에겐 어떤 영향도 줄 수 없지만 피와 살을 지닌 생물체에게만큼은 절대적인 영향력을 끼치는 마법.

ㅊㅊㅊㅊㅊㅊㅊㅊ-

거대한 융합 마력이 술식으로 치환되어 미지의 괴물들에게 천벌처럼 닥친다.

찌꺽찌걱.

꾸물꾸물.

흉측한 괴물들이 일제히 한 점으로 모이며 마치 거대한 살덩어리처럼 변하고 있었다.

상상할 수 없는 술식의 압력에 의해 압착되듯 서로 뭉쳐지고 있는 것이다.

키오오오오오!

끔찍한 고통에 처절하게 몸부림치며 비명을 지르고 있었지만 진정한 마신의 흑마법 앞에서 그들은 어떠한 저항도 하지 못했다.

그건 마치 하늘이 내리는 천벌과도 같은 마법.

그 어마어마한 광경에 생도들은 하나같이 입을 다물지 못했다.

란시스도 현실감이 느껴지지 않는 듯 두 눈을 껌뻑이고 있었다.

저 끔찍한 괴물들을 손짓 한 번으로 살덩이로 만들어 버릴 줄이야!

츠츠츠츠츠-

붉은빛을 머금은 채로 간신히 막고 있던 다크니스 필드의 바깥쪽에서 산성 체액의 수위가 급격하게 낮아지고 있었다.

소화할 대상이 사라지자 산성 위액이 급속도로 빠져나가고 있는 것이다.

그때, 거대한 살덩이가 갑작스럽게 석화되기 시작했다.

"무슨……!"

마신의 흑마법엔 자비가 없었다.

쏴아아아아아-

썰물처럼 빠져나온 괴물들의 생명력이 루인의 육체로 스며들기 시작한다.

살덩이에서 뿜어져 나온 생명력을 모조리 융합 마력으로 치환하고 있는 것이다.

상대의 생명력을 모조리 먹어 치우는 메토가우바 드라나카의 마지막 단계.

마침내 거대한 살덩이가 완벽한 돌덩이처럼 변해 버렸을 때, 루인의 두 눈에서 잔혹한 혈광이 잔잔하게 어리고 있었다.

파스스스스-

연기처럼 바스라지는 거대한 살덩이.

그 광경을 무심하게 바라보고 있는 루인.

흑암의 공포, 대마도사 루인의 완벽한 복귀였다.

내부에서 용틀임하고 있는 막강한 생명력의 잔재를 느끼며 루인이 기괴하게 웃고 있었다.

지금의 샤이로벨은 끝까지 마신의 진짜 마법을 전수하길 거부했지만, 과거의 샤이로벨은 아니었다.

이번 생에서 샤이로벨에게 마신의 마법을 요구했던 것은 그저 그의 마음을 시험해 본 것뿐.

과거의 샤이로벨이 아무런 이유도 없이 루인을 차기 마신으로 받아들이려고 한 것이 아니었던 것.

'한데 뭔가 약하군.'

괴물들의 생명력을 흡수하며 느낀 기이한 감각이 하나 있었다.

위협적인 겉모습과는 달리 생명력이 지나치게 나약한 느낌.

그렇게 루인이 치환된 융합 마력을 음미하며 골몰하고 있을 때 란시스가 물어왔다.

"무, 무식한 놈. 마법으로 저런 괴물들을 단숨에 먹어 치우 다니 오히려 네가 더 괴물 같군. 한데 표정이 왜 그런 거지?"

"생긴 것에 비해 약한 개체들이었다. 우리 세계로 따진다 면 고작 사자나 늑대 같은 야수의 수준에 지나지 않아."

"으잉? 고작 야수라고?"

그때였다.

푸르르르-

푸르르르르-

급격하게 진동하기 시작한 거대한 위장.

촤촤촤촤촤촤!

종전과는 비교도 할 수 없는 양의 산성 위액이 사방에서 쏟 아지고 있었다.

곧이어 위장이 압축과 확장을 반복한다.

더 이상 서 있기도 힘든 상태!

루인이 기함하며 소리쳤다.

"구토다! 놈이 우리를 토해 내려 한다! 충격에 대비해!"

그런 긴박한 순간에 깨어난 동대륙인들.

"흐이이익! 뭐냐 여긴!"

"챠스단 대장! 피해라! 똥물이 쏟아진다!"

산성 위액이 다크니스 필드가 막아 내고 있던 상단의 끝단 을 넘어 버리자.

촤촤촤촤촤!

루인과 생도들이 서둘러 몸에 배리어를 두르며 다가올 충격에 대비했고.

끄아아아아아!

푸우우우우우!

거대한 괴성이 들려옴과 동시에 마치 폭풍과도 같은 속도로 모두 함께 위장 바깥으로 튕겨져 나갔다.

엄청난 양의 토사물과 함께 루인 일행이 쏟아진 곳.

각종 방호 마법으로 스스로를 보호했던 생도들이었지만 불행하게도 낙하 거리가 너무 길었다.

동대륙의 전사들과 란시스도 제법 몸이 상한 듯했다.

"끄으으으…… 대장! 너무 아프다!"

"호들갑 떨지 마라! 오오! 과연 여기가 말로만 듣던 비경(秘境)인가!"

붉은 달.

붉은 토양.

대지에 드리워진 붉은빛.

시야가 닿는 모든 곳이 붉은, 그야말로 붉다는 말로밖에 표현이 되지 않는 비현실적인 세계.

상급 정화 마법으로 자신의 몸에 달라붙어 있는 체액을 모두 태워 버린 루인이 서둘러 상황을 파악하기 시작했다.

폐부에 스며드는 갑갑한 공기.

몸이 두 배는 무거워진 듯한 강한 중력.

시야를 방해하는 자욱한 피안개와 코끝을 찔러 오는 불쾌한 악취.

하지만 무엇보다 가장 피부로 와닿는 감각은 역시 마력.

이미 한 차례 가공된 듯한 이질적인 마력의 기운은 이름 모를 괴물의 위장 내부에 있을 때보다 훨씬 강렬해져 있었다.

"루인! 저길 봐!"

루인이 시론이 바라보고 있는 곳으로 시선을 옮긴다.

그곳엔 거대한 타원형의 털복숭이 괴물이 산처럼 서 있었다.

그 중심에 달린 한 개의 흉측한 눈이 핏발 가득 선 채로 자신들을 노려보고 있는 것이다.

자세히 보니 놈의 몸에 빼곡한 그것은 털이 아니라 흉측한 촉수들이었다.

워낙 몸집이 크다 보니 털로 보였던 것.

"저 괴물이었군. 우리가 있었던 배 속이."

"마, 말도 안 돼. 세상에 어떻게 저런 크기의 괴물이……."

놈의 배 속에서 쏟아졌던 괴생명체들도 거대했지만 놈의 거대함은 아예 차원이 달랐다.

마장기 수십 대를 합쳐 놓은 것만 같은 거대한 크기의 괴물.

과장된 표현이 아니라 정말 작은 산처럼 느껴지는 괴물이었다.

털처럼 빼곡한 괴물의 촉수에는 산 채로 잡힌 먹이들이 무수히 매달려 있었다.

위장에 들이닥쳤던 괴물들의 면면과 크게 다르지 않았다.

란시스가 조용히 말했다.

"이 일대의 포식자 같다. 한데 왜 우릴 저런 눈으로 보고 있는 거지?"

피식.

"본인이 먹지도 않은 것들이 쏟아져 나왔으니 이상할 만도 하지."

조용히 자신의 마력을 사방에 드리우고 있는 리리아.

그렇게 마법사의 감각권을 한계까지 끌어올린 채로 그녀가 차갑게 말했다.

"지금은 우릴 공격할 생각은 없어 보인다. 이 틈에 여길 벗어나야 해."

"아니, 그럴 필요 없다."

"뭐?"

기괴한 대마도사의 미소.

"위장 내부에서 만났던 괴물들처럼 저놈도 몸집만 거대하지 그다지 위협적인 개체가 아니라는 뜻이다."

"왜 그렇게 단정 짓는 거지?"

군단과의 무수한 대전을 겪어 오며 저절로 체득한 대마도사 고유의 감각.

온몸으로 알 수 있는, 일반적인 감각이 아닌 육감의 영역을 리리아에게 설명할 수는 없었다.

루인이 거대한 괴물의 눈을 지그시 바라보고 있었다.

"몸집의 크기라는 건 그저 생물학적인 특성일 뿐이다. 강함의 잣대가 아니라는 뜻이지."

핏발 가득한 괴물의 눈.

그렇게 한참을 바라보던 루인이 씨익 하고 웃고 있었다.

"역시 놈은 우릴 두려워하고 있군."

저 커다란 괴물이 자신들에게 미지(未知)이듯, 자신들 역시 놈의 미지였던 것.

"우릴 두려워한다고……?"

저 거대하고 끔찍한 괴물이?

란시스는 도저히 그렇게 생각되지 않았다.

공용어를 알아듣지 못하고 있는 챠스단이 루인의 눈치를 보다 의기소침하게 말했다.

"나의 아발라! 우리와 계속 함께 움직일 거라면 지금 말해라! 우리의 대장을 맡아 줄 것인가?"

동료들의 생사를 책임지고 있는 챠스단에게 있어서 이건 무엇보다 중요한 문제.

목숨을 걸어야 하는 상황에서 명령 체계의 일원화는 동대류인들이 가장 중요하게 생각하는 가치였다.

"아, 너희들은 그랬지."

절대적인 상명하복 체계의 동쪽 대륙인들.

루인에게서 즉답이 흘러나왔다.

"그러지."

말이 떨어지기가 무섭게 챠스단의 동료들이 검을 빼어 들며 루인에게 충성을 맹세했다.

"나 분노하는 바람, 바칼은 챠스단의 아발라에게 전사의 순수를 다짐한다!"

"나 여명의 고행자, 바르샨 역시 챠스단의 아발라에게 전사의 순수를 다짐한다!"

동대륙인들이 갑자기 알 수 없는 괴성을 지르며 자신들의 팔뚝에 검으로 기다랗게 상처를 내자 란시스가 질린다는 얼굴을 했다.

"미친놈들인가? 갑자기 또 왜 저러는 거야?"

"신경 쓸 것 없다."

그런데 그때였다.

우우우우우우우―

갑자기 거대 눈알 촉수 괴물이 붉은 하늘을 향해 괴성을 지르기 시작한 것.

그러자 사방에서 거대한 울음소리가 화답하듯 들려왔다.

카아아아아아!

키오오오오오!

그야말로 귀청을 찢는 듯한 괴성.

생도들과 동대륙인들, 란시스가 동시에 귀를 틀어막으며 비틀거렸다.

"크윽!"

"꺄아악!"

개체 수를 가늠할 수 없는 수준의 군집된 울음소리들.

그 끔찍한 소음이 붉은 대지 전체를 울리고 있었지만 자욱한 피안개로 인해 상황을 가늠할 수는 없었다.

챠스단과 그의 동료들이 검을 빼어 들며 사주 경계에 나섰다.

생도들이 각종 보호 마법으로 그들을 지원하고 있을 때 란시스가 돌연 전방을 향해 뛰어갔다.

촤아아아악!

그가 검을 크게 휘두르자 강렬한 투기가 전방으로 폭사되며 피안개가 순간적으로 갈라졌다.

고위 기사의 상징인 투기 폭풍.

루인이 그 틈을 놓치지 않고 시야를 확장했다.

"루인!"

"인간이다!"

루인의 동료들이 갈라진 피안개의 틈에서 확인한 것.

그것은 무수한 괴물에 둘러싸인 채 천천히 자신들을 향해 다가오고 있는 무언가였다.

명백한 직립 보행.

괴물들의 경배와 두려움을 한 몸에 받고 있는 그 존재는 틀림없는 인간의 형상이었다.

두근.

격렬하게 뛰기 시작하는 심장.

머리끝까지 쭈뼛 서는 공포스러운 전율.

그렇게 루인은 온몸에서 들려오는 경고의 고동 소리를 들으며 더없이 긴장하고 있었다.

놈에게서 뿜어지는 마력이나 투기 따위의 정보는 무의미했다.

이미 격(格) 그 자체로 악제와 비슷한 존재.

인간이 도달할 수 있는 가장 상위의 경지인 초월자, 그 한계까지 완벽히 넘어선 자였다.

비로소 루인은 이 드넓은 핏빛 대지에 자신의 마력을 드리운 절대적인 존재가 저 핏빛 인간이라는 것을 깨달았다.

마치 자신의 세계를 통제하듯, 스스로 붉은 마력의 핵이 되어 괴물들 속에서 군림하고 있는 초월적인 존재.

이 핏빛 대지는 절대적인 존재가 통제하고 있는 하나의 군집(群集)과도 같았다.

'마치 이건……'

이건 전형적인 마계의 방식.

므드라의 서풍 지대.

샤이로벨의 혈우 지대,

에오세타카의 광염 지대.

초월적인 마신의 권능으로 해당 지역의 모든 마족을 통제하는 거대한 군집 형태.

〈모든 게 저, 저자였어요!〉

생도들이 동시에 루이즈를 쳐다봤다.

두려움에 온몸을 떨고 있는 루이즈.

〈**그는 이 핏빛 세계에 존재하는 모든 마력의 원천! 우리가 이 세계의 마나를 가공된 마나처럼 느꼈던 건 모두 저자가 뿜어내는 마나였기 때문이에요! 그는 이 작은 세계의 유일무이한 핵(核)이에요!**〉

시론이 침을 꿀꺽 삼켰다.

"이, 이곳에 존재하는 모든 마나가 한 사람이 뿜어내는 마력이라고?"

"마, 말도 안 돼!"

생도들의 시선이 이내 루인을 향했다.

기괴하게 일그러져 있는 그의 표정.

"최소 전성기의 악제 수준, 어쩌면 그 이상일 수도 있겠군."

자신의 마력으로 세계의 질서를 주름잡는 절대자.

막연한 상상 속에서나 꿈꿔 온, 대마도사의 가장 완벽한 진화 형태가 눈앞에 있었다.

꽈득.

이를 깨물고 있는 루인의 두 눈에는 두려움과 동시에 열광이 이글거리고 있었다.

저런 위대한 경지를 정복한 인간에 대한 순수한 경의가 생긴 것이다.

"오, 온다!"

핏빛 인간은 그야말로 놀라운 속도로 들이닥쳤다.

주변의 피안개가 확 걷히며 주변의 모든 전경이 드러나자 루인과 동료들은 경악할 수밖에 없었다.

자신들이 지금까지 본 것은 이 핏빛 세계의 지극한 일부.

그야말로 시야가 닿는 한계까지 괴물들의 군집 무리가 펼쳐져 있었다.

놀랍게도 핏빛 인간에게서 들려온 목소리는 지극히 평범했다.

"실로 오랜만의 진입자로군. 한데 동대륙과 서대륙이 서로 친한 적이 있었나?"

타오르는 혈광을 갑옷처럼 두르고 있는 자.

그저 바라보는 것만으로도 절로 식은땀이 흐를 정도로 자신의 격을 증명하고 있는 존재였으나 왠지 그 표정은 다소 익살스럽게 느껴졌다.

그때 란시스의 떨리는 목소리가 들려왔다.

"그 검은…… 기사이십니까?"

그의 허리에 매달려 있는 가느다란 핏빛 검.

괴물의 뼈로 제작한 것으로 추정되는 가장 흔한 형태의 롱소드였다.

"가장 손에 익은 무기이긴 하지."

그 말에 놀란 건 루인도 마찬가지.

"마력이 아니라 투기였다고……?"

이 핏빛 인간이 이 세계에 드리우고 있는 힘은 다소 이질적으로 느껴지긴 했으나 명백한 마력.

"투기와 마력? 아직도 대륙은 그 의미 없는 경계를 신봉하고 있나?"

쏴아아아아아아—

그가 검을 치켜세우자 그의 권능이 자연스럽게 세계에 투사되며 더욱 거대한 존재감으로 화했다.

그 즉시 루인은 경악했다.

지금까지 마나로 믿고 있던 그의 힘이 모조리 강렬한 투기로 전환되었기 때문.

"어떻게……?"

혈광의 존재가 웃으며 자신의 머리를 톡톡 두드린다.

"모든 건 이 생각에 달렸지. 그런데 너희들은 내 질문에는 하나도 대답하지 않는군. 나의 영역권 내에서 내 뜻을 거스른다는 것이 어떤 결과를 초래할지 모르는 놈들은 아닌 것 같은데."

"잠시, 잠시만요!"

다프네가 고아한 마도 의식으로 혈광의 존재에게 인사했다.

"르마델 왕궁 마탑의 수련 마법사, 다프네 알렌시아나라고 합니다. 저희는 절대 당신의 뜻을 거를 생각이 없어요."

루인을 바라보는 혈광의 존재.

"저놈의 눈은 아니라고 하고 있는데?"

루인은 순식간에 투기로 뒤바뀐 그의 권능을 끊임없이 관찰하고 있었다.

독특한 진멸 파장.

모든 것이 뒤섞인 듯한 지극한 혼돈.

놀랍게도 이 기운은 대마도사 루인에게 익숙한 투기였다.

검성(劍聖).

그의 투기, 혼돈의 오러가 최종 단계까지 진화했을 때 이런 비슷한 진멸 파장을 뿜어내곤 했었다.

검성의 검술, 최고의 비기인 캘러미티 카오스(Calamity Chaos).

그의 혼돈의 검에서 가장 중요한 요소가 바로 이 진멸 파장인 것이다.

"……당신의 권능이 혹 혼돈의 검인가?"

처음으로 놀란 표정을 짓는 혈광의 존재.

"음? 진입자가 아니었나? 날 어떻게 알고 있는 거지?"

자신이 대륙에서 활보했던 때로부터 무한에 가까운 시간이 흘렀다.

투기의 결만 살피고 자신의 검술을 알아보는 인간은 실로 수천 년 만이었다.

"혹, 바차카 진영의 첩자인가?"

"바…… 차카?"

전사(戰士)의 신(神), 바차카.

무신 료칸의 이름으로도 결코 도전할 수 없는, 동대륙의 가장 위대했던 전사.

"바차카!"

"우우! 바차카!"

그의 위대한 이름을 알아들은 동대륙의 전사들이 검으로 경의를 표하며 경건한 의식을 하고 있었다.

루인이 되물었다.

"이곳에 전사의 신, 바차카가 있다고?"

"첩자를 잡아떼는 방식이 제법 원시적이군. 정말 진입자라는 건가?"

이들이 진입자임을 부정하긴 힘들었다.

바차카의 첩자가 자신의 결계에 아무런 영향도 받지 않고 맘투르의 배 속에서 갑자기 나타날 수는 없었으니까.

한데 이 녀석들은 자신의 충실한 종, 맘투르의 배 속에서 소환되듯 나타났다. 그런 건 오직 진입자들만이 가능한 일이었다.

그때.

"베나스 대륙을 통일했던 역사 속의 인물을 이곳에서 만날 줄은 몰랐군."

"음?"

검성이 익힌 혼돈의 검의 진정한 원조.

혼돈의 군주, 패왕 바스더.

"바스더."

루인이 혈광의 존재를 이글거리는 눈으로 바라보고 있었다.

패왕 바스더.

베나스 대륙 역사상 가장 강력했던 패도 군주.

그 전율적인 이름이 등장하자마자 모두가 동시에 몸이 굳어 버렸다.

그 이름은 아득한 공포이자 동시에 경외였다.

모두가 내심으로는 역사상 최강의 군주로 평가하고 있었지만 정작 그를 언급하는 것은 금기시되어 있는 두려운 이름.

그는 모든 종족과 국가들에게 치욕과 굴욕을 안긴, 가히 온 세상 위에 오롯이 군림했던 절대자였다.

만약 그가 공포와 칼이 아닌, 정의와 자애로 자신이 정복한

땅을 다스렸다면 아마 그 이름은 태초의 마법사, 테아마라스보다 더 드높아졌을 것이었다.

한데, 저 혈광을 두르고 있는 존재가 정말 그 패왕 바스더일까?

그의 알 듯 모를 듯한 미소가 그런 모두의 의문을 더욱 증폭시키고 있었다.

루인 역시 그런 무시무시한 존재를 언급하면서도 여전히 차갑게 웃고 있었다.

순간 바스더로 추정되는 이의 주위를 휘광처럼 감싸고 있던 핏빛 기운이 모두 사라졌다.

드러난 그는 마치 어디에서나 볼 수 있는 평범한 중년 귀족처럼 느껴졌다.

"왜 날 바스더라고 생각한 거지? 고작 투기의 성질 때문에?"

루인이 씨익 웃고 있었다.

"잊힌 제국의 황족들 대부분이 혼돈의 오러를 익히고 있었지."

"굳이 그 때문이 아니다?"

바스더를 바라보는 루인의 두 눈이 무저갱처럼 가라앉는다.

"바차카. 그 이름을 말할 때 당신의 눈빛이 벌레를 보듯 하찮게 변하더군. 검사라면 그 이름을 말할 때 결코 그런 눈이 될 순 없다. 패왕(霸王)의 오만이라면 모를까."

"호오."

바스더의 눈빛이 일변했다.

그의 호기심 어린 두 눈이 루인의 전신을 자세히 훑고 있었다.

"전사의 신을 상대로 경쟁자, 혹은 내리깔아 볼 수 있는 존재. 그런 존재에게서 뿜어져 나오는 혼돈의 오러. 그 정도면 명확하지. 그렇지 않은가. 패왕 바스더."

그제야 바스더는 루인에게서 풍겨져 나오는 본질을 보다 자세하게 직시하고 있었다.

진입자치고는 상당했지만 자신에 비한다면 한없이 낮은 경지.

하지만 의문은 끝을 가늠할 수 없는 격(格)에 있었다.

기껏 현자 정도나 되는 마법사임은 분명한데, 대신전(大神殿)의 천사들, 아니 천사장급의 격을 마주하고 있는 기분마저 들었다.

이렇게 손수 맞이하며 확인한 이유 역시 진입자로 위장한 천사일지도 모른다는 의심 때문.

대신전.

표면적으로는 방관자의 입장을 고수하고 있지만 그들을 온전히 믿을 순 없었다.

그들이 유폐자들 사이에서 일어나는 분쟁에 개입하고 있다는 건 이제 공공연한 비밀.

바스더가 검을 치켜들었다.

"널 확인하겠다."

삐딱하게 꺾어지는 루인의 고개.

"무엇을?"

"대신전의 천사가 아니라면 소멸되진 않을 것이다."

"대신전? 천사?"

그때.

화아아아악!

거대한 혼돈력이 삽시간에 루인을 집어삼켰다.

순간 루인은 전력을 다해 혈주투계로 자신을 보호하려 했지만 놀랍게도 단 한 점의 융합 마력도 맥동하지 않았다.

루인은 거대한 혼돈의 투기에 담긴 바스더의 영력을 고스란히 느낄 수 있었다.

도저히 살필 수 없는 아득한 기운.

그렇게 루인이 일그러진 얼굴로 한참을 서 있을 때 바스더의 기운이 모두 물러갔다.

"정말 천사가 아니군. 놀라워."

루인의 본질을 빠짐없이 살핀 바스더는 정말 놀라고 있는 표정이었다.

순수한 인간.

한데 그 격은 수만 년의 시간을 고행하는 천사와 비슷하다.

자신에게 이런 불가해(不可解)를 선사한 진입자는 정말이지 처음이었다.

　아, 이런 특이한 진입자라면 그 옛날에 한 번 더 있었다.

　"넌 '마법사' 놈의 동료인가? 아니면 그의 후손?"

　"마법사?"

　마법사(魔法師).

　지극히 범용적인 호칭이었지만 바스더는 분명 정확하게 대상을 지칭하고 있었다.

　루인은 본능적으로 그가 지칭하고 있는 인물이 테아마라스가 아닐까 하는 생각이 들었다.

　하지만 굳이 내색하지는 않았다.

　"마법사? 그게 누구지?"

　"아니라고?"

　흐음 하며 몇 번이고 다시 루인을 자세히 살피고 있는 바스더.

　"하긴 놈과는 확연히 다르군. 권능의 계열 자체가 달라."

　바스더의 말 속에는 많은 추론을 가능케 하는 단서들이 있었지만 그렇다고 명확하거나 구체적이진 않았다.

　그것이 그의 의도된 행동이라고 해도 지금은 달리 방법이 없었다.

　회귀 후 처음 맞이하는 도저히 손쓸 수 없는 강자였으니까.

눈앞의 상대는 가벼운 의지만으로도 여기 있는 모두를 순식간에 소멸시킬 수 있는 강력한 존재.

한데, 그런 바스더에게서 전혀 궤가 다른 말이 다시 들려왔다.

"음? 이건 또 무슨 기운이지? 너, 백룡왕과는 무슨 관계냐?"

"백룡왕? 그게 누구지?"

루인의 질문에 인상을 쓰며 관자놀이를 매만지는 바스더.

"놈이 대륙에서 불렸던 명칭이 뭐였더라……."

그때 다프네의 목소리가 조심스럽게 들려왔다.

"혹시 백룡이라면 하이베른가의 수호룡 비셰리스마를 지칭하는……."

"그래! 베른! 그게 그놈의 성이었지."

루인의 두 눈이 동그랗게 떠졌다.

"설마 사홀 님을 말하고 있는 건가?"

"오호, 역시 넌 백룡왕의 후손이거나 제자겠구나."

"……이곳에 그가 있다고?"

황당하다는 듯이 굳어진 루인.

초대 사자왕 사홀과 패왕 바스더는 명백하게 다른 시대의 사람이었다.

대체 이 가변세계의 정체가 뭐지?

무슨 사후 세계라도 된다는 건가?

루인이 진득한 눈으로 바스더를 바라보고 있을 때 그가 여전히 웃음을 띤 채로 입을 열었다.

"마도를 걷고 있으면서도 백룡 놈의 만검세계를 영혼에 새기고 있다니 정말 해괴한 놈이구나."

"만검세계(萬劍世界)?"

"흥, 네놈의 영혼에 새겨진 그 무수한 칼날들의 정체도 모르고 있었더냐?"

수천 개의 마력 칼날.

자신이 본능적으로 즐겨 쓰던 술식.

이 미지의 세계에서 사홀이 남긴 심상의 정체를 알아보는 자를 만나게 될 줄이야.

"백룡왕…… 아니 사홀 님은 지금 어디에 계시지?"

"불행히도 녀석은 소멸됐지."

"……누가?"

초인을 넘어 초월자의 영역에 다다른 초대 사자왕 사홀이었다.

'존재'급이 아닌 이상, 아니 설사 존재급과 격돌했다고 해도 쉽게 패배하실 분은 아니었다.

"모른다."

"……."

"하지만 짐작하는 바는 있지."

루인의 두 눈이 열기로 젖어 갈 때쯤 바스더의 얼굴이 차갑게 변했다.

"마법사. 혹은 대신전. 둘 중 하나다."

여전히 모호하게 지칭하고 있는 대상들.

마법사라는 대명사로 부르고 있는 존재가 테아마라스라는
건 유추할 수 있었지만 대신전은 루인조차 한 번도 들어 보지
못한 곳이었다.

진득이 입술을 깨물고 있던 루인이 물었다.

"……여긴 사후 세계인가?"

"뭐, 틀린 말은 아니군. 나처럼 산 채로 잡혀 들어온 경우는
상당히 특이한 케이스니까. 대부분 백룡왕 녀석처럼 '영혼 구
속'으로 소환되지."

"영혼 구속?"

바스더의 그 말에 루인은 본능적으로 위화감이 들었다.

하나의 생각이 그의 뇌리를 빠르게 훑고 지나갔다.

"그렇다고 죽은 모든 인간이 이곳에 구속되진 않는 것 같
은데."

"하하하하하!"

꾸르르르르릉!

바스더가 호탕하게 웃자 그의 영역권 전체가 지진을 만난
것처럼 거세게 흔들렸다.

수천수만의 괴물들이 지독한 공포에 더욱 거센 울음소리
로 화답하고 있었다.

루인의 눈빛이 일변했다.

신적인 의지에 의해 세계에서 철저하게 유리(遊離)된 공간.

그리고 그렇게 유폐된 자들에게 내려지는 형벌, 영혼 구속.

전사의 신, 바차카.

혼돈의 군주, 바스더.

초대 사자왕 사홀.

마법사.

살아온 시간대와 활동 영역이 모두 다른 사람들.

이들의 공통점은 단지 하나뿐이었다.

세계적인 영웅, 혹은 절대군주.

또한 모두가 초월자의 영역에 다다른, 신이 정한 인과율에 도전할 수 있는 존재가 되어 버린 불세출의 인간들이었다.

대충 맥이 잡혔다.

"버림을 받았군."

"뭐……?"

세계에서 유리된 이곳이 왜 가변세계인지도 유추할 수 있었다.

초월자의 영역에 다다른 인간이라고 해도 가변세계의 불안정함을 뚫고 돌아갈 수는 없을 것이다.

설사 신이라고 해도 차원의 가변성을 예측할 수는 없을 테니까.

거기에 이 거대한 군집을 다스리는 저 패왕 바스더가 늘 조급하거나 두려운 표정을 지을 때가 있었다.

대신전(大神殿).

그 단어를 언급할 때면 바스더의 얼굴은 분명 경외와 공포의 감정으로 얼룩져 있었다.

"섭리의 통제를 벗어난 인간들을 유폐하는 것으로도 모자라 힘으로 감시하고 있다는 건가. 정말 유치하군. 신의 생각이란 것도."

복잡한 퍼즐의 첫 단추.

하지만 의문은 남아 있었다.

대체 테아마라스, 아니 악제 놈은 이곳에서 무슨 짓을 했던 거지?

또 이 지독한 가변세계를 무슨 수로 빠져나온 거고, 대체 인간의 문명은 왜 멸망시키려는 거지?

게다가 일정한 자격 증명을 통해 평범한 인간들을 이곳에 주기적으로 받아들이는 이유는?

또다시 무저갱처럼 깊어진 루인의 눈빛.

패왕 바스더는 그런 루인을 놀라워했다.

마도를 걷는 자의 혜안과 지혜를 모르는 바는 아니나, 본질과 현상을 이해하는 눈이 이미 초월자의 영역에 다다른 자였다.

지금까지의 진입자들 중에서 단숨에 이 가변세계의 본질

을 이해하는 자는 없었다.

"……."

어느덧 루인은 끝없이 펼쳐져 있는 괴물들의 군집을 바라보고 있었다.

이 패왕 바스더와 비슷한 수준으로 추정되는 전사의 신, 바차카는 또 얼마나 대단한 영역을 구축하고 있을지 짐작도 되지 않았다.

하물며 이 거대한 군단을 통제하고 있는 절대적인 존재들에게 두려움을 선사할 수 있는 대신전이라…….

테아마라스의 유적 따위가 아니라는 것은 진즉에 알고 있었지만 이곳은 생각보다 더욱 위험천만한 세계였다.

루인이 다시 바스더를 응시했다.

"용건은 끝난 건가?"

천사가 아니라 평범한 진입자라는 것을 확인했다.

흥미가 생기지 않았다면 벌써 자리를 떠도 이상하지 않을 일이었다.

"더 이상의 용건은 없다."

루인이 고개를 끄덕이며 그의 시선을 외면했다.

"당신의 영역을 침범한 건 사과하지. 하지만 그건 우리 입장에서 어쩔 수 없는 일이었다. 당신의 군단도 해치지 않았고 굳이 적대하고 싶은 마음은 없으니 이대로 당신의 영역을 벗어나겠다."

바스더는 말없이 그런 루인을 바라보고 있었다.

이런 독특한 반응이라니.

진입자가 정말 맞긴 한 건가?

어째 흥미가 점점 더 커져만 갔다.

불안한 눈으로 자신의 동료들을 살피고 있는 루인에게로 다시 바스더의 목소리가 들려왔다.

"내 영역의 북쪽은 바차카의 영역이다. 남쪽은 가장 약하지만 테셀 녀석의 영역이지. 서쪽으로는 대신전이 관장하는 영혼의 강이, 동쪽은 발을 들이는 즉시 소멸되는 공허다."

"……."

루인이 잔인하게 웃고 있는 바스더를 다시 응시하고 있을 때.

"내 영역을 벗어난다고 해도 너희들에게 안전한 곳은 존재하지 않는다는 뜻이다."

루인이 인상을 찡그렸다.

"우리에게 따로 원하는 게 있나?"

퉁명하게 말하는 바스더.

"진입자가 할 수 있는 선택은 언제나 하나뿐이지."

"그게 뭐지?"

"내 군단의 일부가 되는 것. 나와의 종속의 계약을 통해 생존을 도모하는 것. 너희들의 선택은 단지 그뿐이다."

"……거부한다면?"

피식.

바스더의 검이 찌르르 울었다.

"어차피 테셀 놈이나 바차카의 종복이 될 텐데 살려 둘 이유가 있나?"

루인의 두 눈에서 지독한 빛이 떠올랐다.

"이번에도 흥미로운 선택인가? 지금까지 다른 선택을 하는 진입자는 보지 못했는데 과연 네 녀석은 어떤 선택을 할지 정말 궁금하군."

바스더의 그다음 말에 루인의 얼굴이 딱딱하게 굳어질 수밖에 없었다.

"진입자를 원래의 세계로 추방하는 것은 오직 대신전만이 할 수 있는 일. 너희를 대신전에 인도할 수 있는 존재도 나와 같은 군주들뿐. 선택하라. 마도를 품은 백룡왕의 후예여."

Chapter. 72

패왕 바스더가 생각할 시간을 주겠다며 사라진 후.

루인과 동료들은 한바탕 소용돌이에 빠졌다.

"……이곳이 고대 영웅들의 유폐지라고?"

"아니 아무리 영웅이라고 해도 죽은 인간이 뭘 할 수 있다고 사후까지 핍박하는 거죠?"

"영혼만 남은 인간이 어떻게 신의 섭리를 깨뜨린다고……."

생도들과 어울려 자신의 의견을 피력하는 란시스.

"초인만 해도 세상을 무너뜨리는 힘을 지니지. 하물며 초월자라…… 정말 상상이 되지도 않는군."

시선으로 가리키며 조용히 읊조리는 루인.

"저 군집된 바스더의 군단을 봐라."

"응?"

시론의 눈빛에 의아함이 번졌을 때 루인의 표정은 더욱 차갑게 변해 있었다.

"패왕 바스더가 저 괴물들을 단순히 마력이나 투기 같은 물리적인 권능으로 통제하고 있는 것 같나?"

"그럼……?"

"초월자의 경지에서 물리적인 권능은 그다지 의미가 없다. 가장 무서운 건 격(格)의 상승. 악제만 해도 상승된 격을 통해 자신의 영혼을 무수히 쪼개어 사람들에게 영향력을 끼쳐 왔다."

"허……."

"문제는 사념으로 타인을 통제하는, 섭리를 붕괴시키는 그런 비현실적인 권능조차도 초월자의 아주 작은 단면에 불과하다는 거지."

청염(靑炎)을 통해 통제하는 악제의 군단.

그 지긋지긋한 악제의 청염과 평생을 싸워 온 루인으로서는 누구보다도 초월자의 무서움을 뼈저리게 느끼며 살아왔다.

언제 어떤 상황에서 악제의 청염이 영혼으로 침투해 올지 모르는 상황이었다.

인간 진영의 영웅들을 대마도사의 결계 마법으로 철저하

게 보호하려 했지만 모두를 지켜 낸 것은 아니었다.

어제까지만 해도 함께 웃으며 전장을 누볐던 동료가 하루 아침에 악제의 군단장으로 변하는 모습.

자신과 동료들의 영혼을 끝없이 지치게 만든 악제의 무서운 권능이었다.

"더욱이 패왕 바스데라면 육신의 죽음, 즉 필멸자의 굴레를 초월했을지도 모른다. 인간을 사념으로 통제하는 것도 가능한 마당인데 새로운 육체를 차지하는 것이 불가능하다는 건 웃기는 소리지."

"주, 죽음의 의미가 없다고?"

"아니 그, 그건 정말 섭리의 붕괴인데?"

타인의 육체를 차지할 수 있다는 건 무한을 살아갈 수 있다는 말과 같았다.

게다가 사념을 통해 타인의 영혼을 잠식하여 거대한 군집을 통제할 수 있다?

그것은 그의 뜻에 반하는 진영과 종족들에게는 신이 내리는 천재지변보다 더한 재앙일 것이었다.

갑자기 밀려오는 지독한 공포.

란시스가 딱딱하게 굳은 얼굴로 고개를 끄덕였다.

"신들께서 가두실 만하군."

정말로 루인이 말한 것들이 모두 가능하다면 세상에 출현한 초월자를 인간과 같은 종(種)이라고 보긴 힘들었다.

"그래. 그건 새롭게 태어난 신이라고 할 수 있지."

다프네의 얼굴도 란시스의 표정과 비슷해져 갔다.

루인의 말대로라면 이 가변세계야말로 그가 두려워하는 미지의 적, 악제와 비슷한 경지의 초월자들이 득실거리는 장소라는 것.

그때 세베론이 입을 열었다.

"하나 궁금한 것이 있어."

"말해라."

"너희들도 역사를 다 배웠잖아? 패왕 바스더의 최후는 꽤 실증적인 역사로 정확히 남아 있어. 남아 있는 사료도 엄청 풍부하고. 그가 그토록 엄청난 초월자라면 당시에 활동했던 혁명가들의 군대를 왜 막아 내지 못한 거지? 패왕을 물리친 12명의 영웅들 중에서 초인은 있었지만 초월자는 없었잖아?"

팔짱을 낀 채로 퉁명하게 대답하는 리리아.

"개입한 거지."

"응? 누가?"

"신들."

"시, 신들께서 개입했다고?"

황당한 말이었다.

그럼 신들이 인간으로 살아가며 군대를 지휘하는 영웅으로 살았다는 말인가?

리리아의 그 말에 루인은 가타부타 말이 없었다.

이제는 루인 역시 인간의 틈에서 '존재'들이 활동하고 있다는 것을 어느 정도 인정하고 있었기 때문.

전생에서는 그저 존재들이 침묵하고만 있다고 여겼었는데 그건 틀린 판단이었다.

이번 생을 살면서 루인은 신들의 개입을 분명하게 인지한 것이다.

고대의 마력과 지혜를 술식으로 남겨 루이즈에게 전한 초대 학장 슈레이터.

그런 방식은 마계의 초월적인 마신 쟈이로벨조차 불가능한 것이었다.

그 현명한 드래곤들조차도 헤츨링이 태어나면 모든 개체가 힘을 합쳐 천 년 이상 용족의 지혜를 전수하는 마당.

마법으로 권능을 전승하는 것이 가능하다면 이 세계의 모든 마법학파들 역시 존재 의의를 잃게 된다.

초대 학장 슈레이터는 분명한 '존재'였다.

루이즈는 그에게 선택을 받은 인간.

'르마델……'

그리고 보면 르마델 왕국의 성립 자체가 이상한 일이었다.

인간의 일에 절대 개입하지 않던 드래곤 종족.

한데, 에이션트에 이른 두 고룡(古龍)이 인간 왕국의 탄생에 개입했다는 것부터가 불가사의였다.

천 년에 한 번 나타나기 힘든 초월자가 둘씩이나 나타나

왕국의 기반을 형성했다는 것 역시 수상했다.

게다가 타이탄족의 맥을 잇고 있는 렌시아가는 또 뭐란 말인가.

마찬가지로 마신과 계약할 운명을 지닌 하이베른가의 대공자는?

초월적인 존재, 즉 신의 개입 없이는 무엇 하나 쉽게 일어날 수 없는 일.

어쩌면 악제와 대항했던 인간 진영 자체가 신적인 존재가 창조한 설계의 일부일지도 모른다는 생각이 들었다.

뿌득.

순간 루인은 이가 갈렸다.

모든 동료들의 희생, 그 허무한 삶조차도 누군가의 설계의 일부라면…….

'열쇠는 단 하나.'

가변세계의 군주들에게 '마법사'라고 불리는 존재.

분명 악제에게 이 모든 의문의 해답이 있을 것이다.

루인이 시선으로 모두를 훑었다.

"난 패왕 바스더의 휘하로 들어갈 것이다."

두 눈을 동그랗게 뜨는 란시스.

"그, 그와 종속의 계약을 정말 맺겠다고?"

다프네도 고개를 저었다.

"루인 님의 말대로라면 그의 사념에 통제를 당하는 꼭두각

시로 산단 뜻이잖아요!"

의외로 리리아는 루인의 의견에 동조했다.

"이곳에서 탈출할 수 있는 유일한 방법이기도 하지."

평소에는 늘 냉정하고 차가웠지만 결정적인 순간에서만큼
은 늘 루인을 지지하는 리리아.

"상대는 완숙한 초월자. 안타깝지만 우리가 가진 모든 역
량을 동원해도 그와 그의 군집을 상대할 수는 없다."

생도들은 루인의 아공간, 헬라게아에 웬만한 왕국 정도는
가볍게 무너뜨릴 수 있는 수십 대의 마장기와 엄청난 수의 아
티펙트들이 존재한다는 것을 알고 있었다.

거기에 루인은 웬만한 초인들을 압도하는 역량을 지닌, 스
스로를 대마도사로 지칭하고 있는 마법사.

그렇게 언제나 고고한 자아를 드러냈던 그가 저렇게 냉정
하게 스스로를 낮추고 있으니 생도들은 쉽게 말문이 열리지
않았다.

"물론 이곳을 벗어난다고 해도 마찬가지일 거다. 우린 이
세계에서 완벽한 약자다."

"하지만 선택은 해 볼 수 있잖아요!"

다프네의 외침에 시론이 동조했다.

"그래! 다른 군주들도 만나 보자! 패왕 바스더는 너무……."

생도들의 뇌리에 뿌리 깊게 박혀 있는 패왕 바스더의 악
명.

온 세상 위에 공포로 군림했던 혼돈의 군주는 온갖 재앙과 불길함을 몰고 다녔던 명백한 악(惡)이었다.

"너희들은 바보인가?"

동시에 리리아를 쳐다보는 생도들.

"잊었나? 이미 패왕 바스더는 자신을 선택하지 않는다면 우릴 죽인다고 공표했다."

"그래도 변덕스러운 그 바스더야! 자신의 동료와 신하들을 망설임 없이 전쟁의 재물로 바쳤던 자라고!"

"지금 공간 이동 마법으로 이 영역을 탈출할 수 있지 않을까요?"

"공간 이동? 패왕 바스더가 자신의 영역을 그렇게 허술하게 방비해 놓았을까?"

그 이후로도 생도들은 논쟁을 이어 갔다.

루인은 말없이 그들을 내버려 두었다.

종속의 계약.

타인에게 자신의 영혼을 내어 주는 일.

이 중대한 일을 자신이 독단적으로 결정할 수는 없었다.

그것은 동대륙의 전사들에게도 마찬가지.

하지만 루인이 이런 모든 상황을 동대륙의 전사들에게 설명해 주자.

"이미 내 전사의 순수를 아발라에게 맡겼다!"

"왜 우리에게 결정을 미루는가? 직무 유기다!"

"우린 대장의 결단에 따른다!"

부족의 선택을 받아 참가한 영광스러운 동대륙의 전사들.

개개인이 월켄과 비슷하거나 오히려 압도하는 초인 전사들이었지만 마치 아이처럼 순수한 자들이었다.

'……'

란시스는 오히려 루인에게 화를 내며 따지고 있는 동대륙의 전사들을 멍하니 바라보고 있었다.

말을 알아들을 수는 없었지만 그들의 얼굴에 떠올라 있는 순수한 믿음을 란시스는 분명하게 느낄 수 있었다.

"나도 그와 계약하겠다."

맹렬하게 논쟁을 이어 가던 생도들이 일제히 란시스를 쳐다봤다.

피식 웃어 버리는 란시스.

"여기서 죽는다면 어차피 내 형님을 찾을 수 없다. 달리 방법이 없잖아?"

루이즈가 화답하듯 말했다.

〈저도 동의해요.〉

"루이즈!"

〈그는 알려진 역사와는 달라 보여요. 우리에게…… 특히

루인 님에게는 전혀 악의가 없다는 게 느껴져요. 〉

루인의 결단이 빨랐던 건 바로 그 점 때문이었다.

정확한 이유는 알 수 없었지만 패왕 바스더는 절대적인 초월자답지 않게 자신을 향한 호감과 관심을 끝없이 드러내고 있었다.

지금의 상황에선 그 무엇도 이용해야 했다.

무슨 수를 써서라도 패왕 바스더의 마음을 움직여 악제의 정체, 이 세계의 비밀을 파헤쳐야만 했다.

"그럼 뭐…… 할 수 없지. 동의한다."

"휴…… 정말 싫은데."

"에이! 될 대로 되라지!"

시론과 다프네, 세베론이 차례로 승낙했다. 모두의 뜻이 모인 것이다.

다프네는 저 수많은 괴물들과 같은 처지가 될 거라고 생각되자 울음이 터질 것만 같았다.

영혼을 내어 주는 것이 마치 흑마법사가 되는 것만 같았기에 마음이 무거운 건 다른 생도들도 마찬가지였다.

그때 루인이 융합 마력을 천천히 방출하며 자신의 존재감을 드러냈다.

수많은 괴물의 군집 속에서 흥미롭게 바라보고 있는 바스더의 시선이 느껴진 그 순간.

촤아아아아아—

또다시 피안개가 사방으로 갈라지며 패왕 바스더가 나타났다.

그 먼 거리를 순식간에 압축하며 나타난 패왕 바스더의 신위에 동대륙의 전사들이 경외의 눈빛으로 그를 바라보고 있었다.

"그래, 결론을 내렸는가?"

루인이 차갑게 웃었다.

"이미 모두 듣고 있었던 주제에. 혼돈의 군주답지 않게 연기가 많이 어설프군."

루인의 그 말에 모든 생도의 얼굴이 창백하게 변했다.

그와 다른 군주들을 저울질하는 자신들의 대화를 모두 듣고 있었다는 뜻.

"먼저 조건이 있다."

"하하하하하!"

꾸르르르르릉!

세계를 진동하는 웃음소리.

루인의 동료들이 고통스럽게 귀를 틀어 막고 있을 때 다시 바스더의 음성이 들려왔다.

"어디 말해 봐라."

차분하게 가라앉는 루인의 눈빛.

"마법사."

"마법사?"

바스더가 삐딱하게 고개를 기울이고 있을 때 루인이 다시 단호하게 말했다.

"그에 대한 모든 정보를 원한다. 또한 이 세계의 다른 군주들. 대신전에 대한 보다 구체적인 정보. 이 세계에 지금까지 있었던 일들……."

"또?"

더욱 차갑게 웃는 루인.

"네 권능. 인간의 굴레를 초월하여 '존재'들의 경지를 개척한 네 권능을 이어받고 싶다."

순간, 루인을 바라보고 있는 패왕 바스더의 눈빛이 벌레를 보듯이 변했다.

주변의 모든 피안개가 루인의 육체를 휘감는다.

그러자 상상할 수 없는 압력이 닥쳐와 루인의 몸을 짓눌렀다.

"큭!"

루인은 혈주투계를 한계까지 운용하며 악착같이 버텼지만 결국 무릎을 꿇을 수밖에 없었다.

일부 융합 마력을 빼돌려 재빨리 보호 마법을 펼치지 않았다면 압착되어 모든 뼈가 으스러질 뻔한 위험천만 상황.

다프네와 시론, 루이즈가 달려들며 각종 보조 마법과 회복 술식을 시전해 루인을 보조하고 있었다.

패왕 바스더의 두 눈에서 잔인한 살기가 줄기줄기 뻗어 나오고 있었다.

"선을 쉽게 넘는구나."

온몸이 해체되는 듯한 압력 속에서도 루인은 웃고 있었다.

"왜지? 이해가 안 되는군. 원래 자신의 권능을 나누는 데 인색한 자가 아니라고 들었는데."

여타의 영웅과는 달리 패왕 바스더는 자신의 오러 비전과 검술을 모든 왕족과 방계들에게 전수했다.

더욱이 스스로 검술 유파를 열어 제국의 수많은 수련 기사들을 직접 가르쳤다.

12명의 영웅에 의해 그의 제국이 패망하지 않았더라면 이 대륙의 기사들 모두가 바스더의 검술을 익히고 있을지도 모르는 일이었다.

물론 현재는 패왕 바스더의 흔적을 끈질기게 지우고 있는 알칸 제국에 의해 그의 업적과 검술이 모조리 사라지고 있었다.

"네놈이 검에 대해서 뭘 알고 있지?"

동대륙의 전사들과 란시스를 바라보는 바스더.

"차라리 저놈들이라면 모를까. 네놈의 어디에도 검의 흔적은 없다. 그런 놈이 감히 내 혼돈(混沌)을? 이 바스더를 모독하는 것이냐?"

검의 흔적이라…….

루인 입장에서는 어처구니없는 말이었다.

비록 마도에 몸을 담고 있다고는 하지만 백 년이 가깝도록 검성의 검술을 상대해 온 자신에게 함부로 검을 모른다고 말하다니.

그 순간 루인의 두 눈에서 강렬한 빛살이 일렁였다.

쿠쿠쿠쿠쿠쿠─

거대한 힘의 충돌.

수십만 리퀴르에 해당하는 융합 마력을 모두 짜내어 한꺼번에 마력 방출을 시도하고 있는 것이다.

7위계의 경지에 오른 후로 처음 해 보는 시도.

전성기에 미치진 못했지만 그래도 현자의 수준은 아득히 능가하는 마력이었다.

거기에 대마도사의 무한한 염동력이 더해지자 미증유의 거력이 뿜어져 나왔다.

점점 눈을 크게 뜨는 바스더.

저 어린놈의 마도가 자신의 혼돈력을 떨쳐 내고 있었다.

경쟁 군주도 아닌 고작 진입자.

비록 지극한 일부라고 해도 자신의 권능에 저항할 수 있다는 건 도저히 믿을 수 없는 일이었다.

츠츠츠츠츠츠─

패왕 바스더의 혼돈력을 조금이나마 떨쳐 냈을 무렵, 루인이 악착같이 마력 칼날 하나를 소환했다.

마력 칼날은 그대로 환상과도 같은 변화를 일으켰다.

좌아아아아아!

이내 바스더의 미간 부근에서 멈춰 선 마력 칼날.

"캘러미티 블레이즈……?"

비록 혼돈의 벽에 가로막히며 진입하진 못했지만 그것은 분명한 혼돈의 착화점이었다.

혼돈의 오러를 누적시켜 착화점을 만들고, 그렇게 누적시킨 혼돈의 힘을 스피릿 스톰으로 터뜨리는 분명한 자신의 검술.

하지만 이것은 적어도 검술의 초인 단계에서 시도해 볼 수 있는 수법이었다.

혼돈의 검술에 대한 완벽한 이해가 선행되지 않는다면 결코 불가능한.

한데 놈은 고작 마력 칼날로 그 섬세한 기술을 재현해 낸 것이다.

그 말인즉 자신의 검술, 혼돈의 검을 이미 알고 있었다는 뜻.

"어떻게 마법으로 검술을 흉내 낼 수 있는 거지?"

놈의 영혼에는 온통 마도뿐이었다. 기사 특유의 스피릿 오러의 흔적 역시 어디에도 찾을 수 없었다.

그러나 정작 가장 놀라고 있는 건 루인 그 자신.

헤이로도스의 술식 구현법과 자신의 염동력을 섞었을 뿐이었다.

한데 또다시 사흘이 남기고 간 환상까지 시야에 겹쳤다.

그저 막연하게 마음속에 맺힌 심상(心想)을 시도해 보았을 뿐인데 정말로 구현될 줄은 스스로도 몰랐던 것이다.

"자격을 묻길래 증명한 것뿐이다."

"마법사의 마도가 어떻게 검술을 구현할 수 있는 건지 그것부터 먼저 대답해라!"

마도의 술식으로 검술을 구현하는 것에는 명확한 한계가 있었다.

검의 복잡다단한 움직임들을 모조리 마법의 체계로 연산한다는 것.

물론 이론과 상상의 영역으로는 불가능한 것이 아니지만 엄연히 인간의 연산력에는 한계가 있는 것이다.

그때.

"네놈! 정말로 만 년 이상을 산 것이냐?"

자신이 활동했을 때로부터 2천 년이 넘는 시간이 흐른 시점.

이 녀석들의 시대에는 혼돈의 검술은커녕 패왕 바스더라는 이름조차 희미할 것이었다.

한데 눈앞의 이놈은 보자마자 자신의 정체를 간파해 냈고 이제는 검술까지 흉내 내고 있었다.

비현실적으로 높은 영혼의 격.

패왕 바스더의 실체를 한눈에 간파하는 안목.

놈이 정말로 만 년 이상 살아온 인간이라면 모두 설명이 된다.

그 옛날 융성했던 혼돈의 검술.

필멸자의 굴레를 벗고 수명을 초월한 인간이라면 한 번쯤은 혼돈의 검을 익힌 기사들과 교류했어도 이상하지 않은 것이다.

또한 이런 비현실적인 마도는 결코 평범한 인간의 생애로 완성할 수가 없었다.

"이젠 자격이 생긴 것 같은데."

바스더가 루인을 압박하던 권능을 풀어 주며 심드렁하게 바라봤다.

쉽게 볼 녀석이 아니었다.

그야말로 모든 게 의문투성이인 인간.

정말로 놈의 격이 만 년 이상 쌓아 이룩한 것이라면?

정신 체계만큼은 결코 자신에 비해 아래가 아닐 것이다.

하지만 이것조차 현상의 선후가 바뀐 일.

"어떻게 인간을 초월하지 않고서도 그런 긴 수명을 갖게 된 거지?"

수명, 그러니까 신이 정한 섭리를 초월하는 일은 말 그대로 초월자에게만 가능한 일이었다.

물론 초인의 경지 후반부만 정복해도 수명을 비약적으로 상승시킬 수 있지만 길어 봤자 수십 년 수준.

그 정도 시간으로는 결코 이 녀석의 비현실적인 격을 설명할 순 없었다.

"계속 숨기려고 든다면 더는 참지 않을 것이다."

바스더의 눈빛이 다시 사악한 빛으로 물들어 가자 루인은 어쩔 수 없이 자신에 대해 어느 정도 설명해야만 했다.

"난 정상적으로 수명을 초월한 게 아니다."

"그럼?"

"공허. 나는 수만 년 동안 공허에서 시간을 보냈다."

"공허(호虛)에서 지냈다고?"

절로 머나먼 동쪽으로 시선이 가는 바스더.

"저 공허에서 말이냐?"

공허는 지옥이다.

발을 들이는 즉시 소멸되는 위험천만한 장소.

경지의 높낮이와는 아무런 상관이 없었다.

그 끔찍한 공허의 저주를 맞이하는 일은 신이든 인간에게든 공평했다.

"저 공허에서 살아남았단 말이냐? 대체 무슨 수로?"

말 그대로 어떤 물질도 존재할 수 없는 공허.

연약한 인간의 육체는 진입하는 즉시 미립자 단위까지 분해될 것이었다.

"작은 차원의 거품 안에 있었다."

"차원 거품? 지금 그 말은 스스로 차원을 창조해 공허 속에서 견뎠단 말이냐?"

지극히 황당한 말.

마법사의 마도가 아무리 드높은 경지를 이룩한다고 해도 차원을 창조할 수는 없다.

그건 세계를 창조한 태초신의 능력.

"그건 내 솜씨가 아니다."

"그럼?"

순식간에 차갑게 변하는 루인의 눈빛.

"마법사."

"마법사라고? 내가 알고 있는 그 마법사를 말하는 것이냐?"

"그렇다."

"……."

긴 침묵에 잠겨 버린 패왕 바스더.

마법사.

외부 세계의 인간들을 인도한 당사자.

군주들로 하여금 영원한 전쟁을 불러일으킨 장본인.

변방의 군주들을 차례로 소멸시키고 마침내 대신전(大神殿)과의 모종의 협상까지 일궈 낸 위험한 인물.

이 유리된 세계의 역사 속에서 가장 유명한 군주였던 자.

패왕 바스더는 루인의 그 말을 단번에 수긍하고 있었다.

그라면 충분히 가능했다.

차원 거품을 창조하는 일도.

한데 그가 대신전이 아니라 인간들의 세계에 있었다니?

"마법사가 인간들과 함께 지내고 있다고……?"

루인의 눈빛도 함께 일변했다.

악제가 인간 세계로 빠져나간 사실에 바스더가 크게 놀라는 눈치였기 때문.

"설마 그놈들이!"

대신전을 향해 강한 분노를 드러내고 있는 바스더.

마법사가 아무리 상위의 군주라고 해도 가변 차원을 탈출하는 건 불가능에 가깝다.

이제야 마법사 놈과 대신전의 협상 내용이 드러난 것이다.

뿌드득!

가공할 살기가 몰아친다.

설마하니 신의 의지를 대리한다는 대신전이 스스로 원칙을 무너뜨리고 유리된 군주를 다시 풀어 줄 줄이야!

그렇게 온갖 살기와 분노를 드러내던 바스더가 다시 확 하니 루인을 돌아봤다.

"마법사 놈이 바깥 세계에서 뭘 하고 있느냐?"

순간.

흑암의 공포의 권능, 검붉은 흑암의 기운이 루인의 전신에서 흘러나왔다.

"절멸(絶滅)."

"뭐?"

"인류의 절멸. 그것이 놈의 목표다."

츠츠츠츠츠츠츠-

"놈은 자신의 사념을 세계의 모든 곳에 뿌리며 군단을 양산한다. 결국 각국의 왕족과 대신들을 이간질해 혼란과 분열을 조장하겠지."

"……"

"오랜 기간 인류를 수호하던 '존재'들을 추적하여 그들 모두를 소멸시키고, 저주받은 벌레, 안티 매직 와이엄(Anti Magic Warm)을 양산하여 인간의 마장기가 모조리 무력화되면—"

뿌드드득-

"진정한 악(惡)의 제전(祭典)이 펼쳐진다. 우린 놈을 악제라 부른다."

바스더는 검붉은 증오로 얼룩진 루인의 두 눈을 차분하게 바라보고 있었다.

그것은 한 인간의 분노와 증오라고는 도저히 믿을 수 없을 만큼의 처절한 눈빛이었다.

바스더는 저런 눈빛을 잘 알고 있었다.

자신의 소중한 모든 것들이 사라진다고 해도, 어떤 망설임도 없이 복수의 불구덩이로 뛰어들 자.

의심할 여지 따위를 주지 않는 강렬한 의지, 한 인간의 처절하고 억척스러운 자아를 바스더는 고스란히 느끼고 있었다.

"하하하하하하!"

바스더는 루인과 만난 이후로 가장 기분 좋게 웃고 있었다.

"너의 마도(魔道)가 마음에 든다!"

복수를 위해 갈고닦은 마도.

그리고 그 목적은 분명히 자신과 같아 보였다.

"우리는 서로 도울 수 있을 것 같구나."

"서로?"

씨익.

"네놈이 준 정보는 이 유리된 세계에서 그 무엇보다 귀한 것이다."

스스로 원칙을 부정한 대신전의 천사들.

신을 따르는 천사들은 그 누구보다 신념과 맹약을 중요하게 여긴다.

이제 대신전이 군주들을 가둘 수 있는 명분은 모조리 사라진 것이다.

"네가 직접 군주들에게 증언을 해 줘야겠다."

"무슨 증언을 하란 말이지?"

"마법사. 놈이 인간들의 세계에 있다는 사실 말이다."

"알아들을 수 있게. 구체적으로."

명석한 다프네가 특유의 청아한 목소리로 말했다.

"대신전이 악제에게 나갈 수 있는 길을 열어 준 거라면 이제 군주들을 구속할 수 있는 명분이 사라졌잖아요!"

"음……."

그 말에 더욱 기분이 좋아진 바스더가 살기 짙은 미소를 흩날렸다.

"클클. 네 증언은 군주들의 전쟁을 단번에 멈출 수 있다."

이내 저 멀리 대신전이 있는 천상을 시선으로 가리키는 바스더.

"그 강력한 명분은 반드시 군주들로 하여금 대신전을 치게 만들 것이다. 그래서 네 증언이 필요하다."

잠시 생각하다 반문하는 루인.

"내가 왜 도와야 하지?"

루인은 아직 군주들의 성향을 모두 알지 못했다.

군주들이 규합하여 대신전을 무너뜨리고 바깥세상으로 탈출하는 것에 성공한다면 자칫 수십, 수백 명의 악제를 양산하는 꼴이 될 수도 있었다.

하지만 분명한 것.

이제 저 패왕 바스더보다 자신이 강자가 되었다는 것이었다.

"네 요구 조건을 모두 수용하겠다. 그거면 되겠지?"

피식 웃는 루인.

"뭐라는 거냐. 이제 입장이 바뀌었는데. 일단 종속의 계약은 모두 없던 일로 하고 저 괴물들부터 당장 내 눈앞에서 모두

231

치워라. 더러워 미치겠다."

루인이 태연하게 바닥에 누우며 눈을 감았다.

가변세계의 절대 군주, 패왕 바스더를 상대로 저런 어이없는 도발이라니?

란시스가 가슴을 졸이며 당황해하고 있었다.

반면 생도들은 이미 루인의 이런 모습에 익숙한 상황이라 별다른 표정의 변화가 없었다.

이내 중얼거리는 듯한 다프네의 목소리가 이어졌다.

"……만약 군주들이 힘을 합친다면 그 대신전이란 곳을 압도할 수 있는 건가요?"

대신전은 신의 의지를 대리하는 천사들의 집단이었다.

입장 과정에서 지천사의 어마어마한 위용을 분명하게 확인한 상황.

만약 마장기와 두 신상의 도움이 없었더라면 지천사 오실리어에 의해 전멸했을지도 몰랐다.

한데 그렇게 절대적인 천사들이 득실거리는 장소라니…….

그런 장소가 실제하고 있다는 것이 다프네로서는 상상도 할 수 없었다.

"확신할 순 없다."

루인이 피식 웃으며 실눈을 떴다.

"확신 없이 벌이는 싸움이라."

수도 없는 전쟁을 벌이면서도 단 한 번도 패배하지 않으며 베나스 대륙을 통일했던 패왕 바스더였다.

그런 전쟁의 신과 같은 인간이 확신할 수 없는 싸움을 먼저 건다는 건 난센스에 가까운 일.

지금 저 패왕 바스더는 자신들의 질문에 모두 대답하고 있었지만 정작 가장 중요한 것들은 이야기하지 않고 있었다.

따라서 루인이 강짜를 부리고 있는 건 그런 그에게 태도 변화를 일으키기 위함이었다.

"한 번도 전쟁에서 패배하지 않은 전설적인 패왕이 승리를 장담할 수 없는 전쟁을 벌인다는 건…… 좀 웃기지 않나?"

핏빛 기운만 너울거리고 있을 뿐 바스더에게서 별다른 반응이 없자 루인의 비웃음이 더욱 진해졌다.

"목적 자체가 대신전이 아닐 수도 있겠군."

"……."

"당신의 말대로 내 증언이 신이 정한 정의와 섭리를 흔들 만큼의 강력한 증언이라면, 경쟁 군주들을 동요시켜 혼란 상황을 유도하거나 일부 천사들을 회유하는 상황도 가능하겠지. 안 그래?"

패왕 바스더의 오랜 평정을 깨뜨릴 만큼 루인의 말투는 거슬렸다.

이어진 신경질적인 바스더의 반응.

"도대체 넌 이 나를, 이 패왕 바스더를 어떻게 보고 있는 것이냐?"

피식.

"그렇다면 진실과 거짓을 반씩 섞어서 사람을 속이려 들지 마라 바스더. 넌 아직 내 의문에 무엇 하나 제대로 대답하지 않았다."

바스더는 악제로 추정되는 '마법사'에 대해서 한정적인 정보만 제공하고 있었다.

게다가 각 군주들의 정보, 대신전의 실체에 대해서도 보다 구체적이지 않았다.

루인은 결코 손해 보는 거래를 하는 사람이 아니었다.

한참을 침묵하고 있던 바스더가 잔인하게 웃었다.

"제법이군."

진입자에 대한 선입견이 깨질 정도로 엄청난 심계와 지략을 보여 주고 있는 루인.

"대신전은 약해졌다. 하지만 나 혼자 상대하기엔 여전히 버거운 곳이지."

또 이런 식으로 나오시겠다?

이번에도 그의 대답엔 어째서 대신전이 약해졌는지가 빠져 있었다. 놈의 대답은 늘 이런 식으로 뒤를 잘라먹었다.

"내 증언이 필요하지 않은가 보군."

바스더가 얼굴을 일그러뜨렸다.

"너희들은 평범한 인간이다. 그러므로 이 세계의 정보에 지나치게 접근해서는 안 된다. 그건 네놈들에게도 해가 되는 일."

"해가 되는지 안 되는지는 내가 판단한다. 바스더."

분노로 온몸을 떨고 있는 패왕 바스더.

그는 당장 소멸시켜 버리고 싶은 충동을 몇 번이나 참고 있었다.

하지만 놈이 주장하는 마법사에 대한 일들이 모두 사실이라면 놈의 증언은 절대적으로 필요한 것.

"대체 뭐가 궁금한 것이냐?"

"일단 마법사부터."

미간을 찌푸린 채로 한참을 고민하던 바스더가 다시 루인을 노려봤다.

"마법사는……."

이어 바스더는 대신전의 천사들마저 위협을 느꼈을 정도로 세력의 몸집을 불렸던 마법사. 군주들 위에 군림했던 마법사에 대해 상세하게 설명하기 시작했다.

편안하게 누워서 듣고 있던 루인의 얼굴에는 온갖 복잡한 감정의 빛이 떠올라 있었다.

"……."

실로 놀라운 말들.

그것은 치열한 전략과 압도적인 권능으로 차례로 군주들을 굴복시킨 대사건이었다.

이 가변세계의 절반을 먹어 치운 도저히 믿기 힘든 이야기들.

그 대단한 대신전조차도 비대해진 마법사의 세력을 제대로 견제하지 못해 그와 협상을 진행했다는 의심마저 받고 있었다.

하지만 가장 의문스러운 부분은 그가 인간을 이 가변세계로 끌어들이는 데 결정적인 역할을 했다는 것.

그것은 그의 이익과 유일하게 맞닿아 있지 않은 일이었다.

평범한 인간들을 가변세계에 끌어들이는 일은 마법사에게 정말 아무런 이득이 없었다.

오히려 귀찮고 거추장스럽기만 한 일들을 양산하는 꼴.

한데도 그는 거대한 세력을 일구어 내고 난 후에 가장 먼저 그 일을 추진했다.

"왜지? 이 초월자들의 감옥에 인간들을 끌어들여서 그에게 무슨 이득이 생긴다고?"

"그건 내가 먼저 묻고 싶다. 그저 내가 아는 것은 놈이 대신전을 향하고 난 후에야 비로소 외부 세계의 인간들이 이곳에 진입하기 시작했다는 것이다."

바스더의 그 말에 조용히 눈을 감는 루인.

그는 심호흡으로 정갈하게 마음을 다스렸다.

대마도사 특유의 정신 체계.

수집한 정보들을 끝없이 확장하며 예측과 논리를 만들어 가던 루인이 다시 눈을 뜬 건 한참이 지나고 나서였다.

도출된 결론을 확인하기 위함이었다.

"혹시 인간들이 진입하기 시작한 이후로 군주들의 마음과 태도에 큰 변화라도 있었나?"

"그게 무슨 말이냐?"

"아니, 더 간단하게 묻지. 너희들은 이 세계에 진입한 인간들에게 어떤 영향을 받았지?"

"그건……."

심연과 같은 눈으로 과거를 살피던 바스더가 담담하게 말했다.

"나는 궁금했다. 나의 패업에 동참했던 당시의 내 사람들이, 그들의 후손들이 지금은 어떻게 살아가고 있는지, 내가 평정했던 세상은 어떻게 변화했는지. 그리고……."

히죽.

"남겨진 역사. 그 무엇보다 당신에 대한 후대의 평가가 궁금했겠지."

"……그렇다."

그건 누구라도 마찬가지일 것이다.

역사 속에 이름을 남긴 패왕과 영웅들이라면 세상에 남겨진 자신들의 업적이 어떤 평가를 받는지가 가장 궁금할 터.

"물론 만족한 사람은 별로 없을 것이다. 언제나 역사는 굴곡이자 변곡하는 것이니까."

"……."

"자신이 남긴 신념과 이상과는 전혀 다르게 세상이 흘러갔다면 그걸 견딜 수 있는 인간은 별로 없겠지. 당신들에게 새로운 욕망이 피어난 것이다."

나직이 읊조리는 다프네.

"다시 나가고 싶다는 욕망……."

"그래."

패왕 바스더는 큰 충격을 받은 듯 굳어져 있었다.

하지만 루인은 그를 향한 자극을 멈출 생각이 없었다.

"내게 해 줄 말이 있을 텐데."

한참을 침묵하고 서 있던 바스더의 무거운 입이 열리기 시작했다.

어느덧 가변세계에 가장 강한 빛살이 내리쬐고 있는 곳, 머나먼 북쪽을 바라보고 있는 바스더.

"마법사가 사라진 후 대신전의 북쪽에서 '영원의 마력샘'이 생겨났다. 그곳은 신이 남긴 마나가 풍족한 유일한 장소가 됐지."

그제야 웃기 시작한 루인.

"초월자의 경지를 더 초월하기 위한 군주들의 전쟁이 벌어졌겠군."

패왕 바스더는 말이 없었다.

그도 깨달은 것이다.

마법사의 진정한 의도를.

"……원래 우리 군주들에게 전쟁은 무의미한 것이었다. 아니,

당시의 우리는 군주라고 불리지도 않았지. 빼앗을 자원도 다스릴 대상도 없는 버려진 차원. 그래서 우리는 끝없는 권태와 싸웠을 뿐 별다른 의지는 없었다. 당연히 전쟁도 없었지."

"의지는 그때부터 생겼을 거고."

"……."

패왕 바스더는 부정하지 못했다.

물론 루인의 말을 듣고 보니 마법사의 의도는 명확했지만 대신전도 아닌 고작 한 명의 군주였다.

마법사 놈이 그 모든 변화를 이끌어 냈다는 것을 도저히 받아들일 수 없었던 것이다.

듣고 있던 시론이 홀린 듯이 물었다.

"마법사…… 아니 악제는 왜 그런 짓을 한 거지?"

무표정한 얼굴로 대답하는 리리아.

"뻔한 거지. 바스더 님의 말대로라면 대신전의 천사들에겐 외부 세계의 초월자를 이곳에 가둘 수 있는 권능이 있다. 당연히 세계를 멸망시키고자 한다면 천사들의 발목을 묶는 게 1차적인 목표겠지."

루인이 의미심장하게 웃으며 다시 바스더에게 물었다.

"군주들끼리의 끝없는 전쟁이 대신전의 발을 묶었나?"

바스더는 대답하는 대신 분노로 전율하고 있었다.

마법사 놈의 치밀하고 교활한 계획에 화가 머리끝까지 치밀어 오른 것이다.

루인은 쓸쓸하게 웃고 있었다.

자신의 과거에는 이 테아마라스의 유적에 대한 정보가 없었다.

분명 어느 시점에서 테아마라스의 유적에 대한 모든 정보가 봉쇄되고 인간들의 출입이 금지된 것이 틀림없었다.

아니면 입구를 열어 줄 두 신상이 소멸됐거나.

그리고 그렇게 가변세계의 통로를 폐쇄할 수 있는 자는 악제, 그가 유일했다.

통로를 유지하여 군주들을 자극하기 위한 좋은 재료인 인간들을 계속 공급하는 건 악제에게 크나큰 이득.

그런 이득을 포기할 정도라면 역시 하나뿐.

'전쟁으로 강력해진 군주들에 의해 대신전이 몰락한 것이다.'

절대적인 권능을 지닌 군주들이 통로를 통해 다시 세상에 나온다는 건 악제의 계획에 방해만 되는 일이었다.

혹시라도 그들 중 몇몇이 인간들의 편에 선다면 그의 계획이 불가능해질 수도 있는 것이다.

〈바깥세상으로 다시 내보내는 인간들의 기억을 지우는 거…… 그건 무슨 이유 때문이죠?〉

지금까지 한마디도 하지 않고 있던 루이즈의 첫 질문.

"기억을 지워? 금시초문이다."

퉁명한 바스더의 반응.

하지만 루인에겐 이미 그 질문에 대한 추론은 끝난 일이었다.

"그건 뻔하다 루이즈. 이곳의 정보가 인간의 세계에 알려져 누구나 알고 있는 흔한 사실이 된다면 새롭게 생겨날 초월자들은 대비를 할 수 있게 된다. 강력한 권능을 이룩한 초월자들이 숨고자 마음먹는다면 아무리 천사들이라도 쉽지 않아."

즉 그 일은 군주들이 아닌 대신전이 한 짓이라는 뜻.

드디어 의뭉스럽기만 했던 이 세계의 진실을 모두 알게 된 루인.

이제 그의 심상에서는 수많은 생각들이 확장에 확장을 거듭하고 있었다.

새로운 판을 짜고 있는 대마도사.

"바스더. 당신에게 협력하겠다."

"정말이냐!"

어느덧 일어난 루인이 괴기스럽게 웃고 있었다.

"하지만 당신의 계획은 따를 수 없다."

"뭐? 그건 또 무슨 소리냐?"

"어차피 당신의 목적은 이 가변세계에서 원래의 세상으로 나가는 것. 그 목적만 이룬다면 다른 군주와 함께일 이유는 없지."

이 가변세계의 절대 군주들을 모두 세상에 풀어놓는 건 미친 짓이었다.

초월자들이 무슨 짓을 할지를 전혀 예상할 수 없는 상황.

통제할 수 없는 변수들이 득실득실한 세상이라면 악제보다 더 위험할 수도 있었다.

"협력할 군주들을 내가 선택하겠다."

"뭐……?"

"당신에게도 그편이 훨씬 나을 텐데."

"네놈! 약해졌다고 하나 대신전이다! 너는 대신전이 얼마나 무서운 곳인지……!"

"그들과의 협상은 악제에게도 가능했지."

악제도 한 일을 자신이 하지 못한다면 어차피 세상의 멸망은 막을 수 없다는 것이 루인의 차가운 판단.

"가장 강한 군주가 누구지?"

"……."

이 무시무시한 괴물 군집을 이끌고 있는 그 전설적인 바스더였다.

생도들은 루인이 무려 패왕에게 저런 질문을 하고 있다는 것을 이해할 수 없었다.

"대륙을 통일했던 패, 패왕 바스더 님이야! 저분보다 더 강한 영웅이 있을 리가……!"

피식 웃는 루인.

"한 발자국만 내디디면 바로 소멸되는 공허가 바로 근처인 영역이다. 껄끄러운 대신전이 관장하고 있는 영혼의 강이 바로 저곳이고."

"어……?"

"더구나 빛의 잔재와 희미한 마력만 느껴질 뿐 영원의 샘은 이곳에서 보이지도 않아."

"서, 설마……."

"가장 위험하고 쓸모없는 변방이라는 소리지."

루인이 흙빛으로 변한 패왕 바스더를 응시했다.

"대체 당신은 여기서 얼마나 약한 거냐?"

루인의 그 말에 반응하는 사람은 아무도 없었다.

생도들은 물론이거니와 정작 당사자인 패왕 바스더마저 굳게 입을 다물고 있는 것이다.

베나스 대륙에는 역사를 써 내려간 무수한 영웅들이 있었다.

하지만 업적, 이름값을 따진다면 패왕 바스더를 능가할 수 있는 영웅은 그다지 많지 않았다.

한데 저 패왕이, 고고한 자존심으로 똘똘 뭉쳐 있을 그 바스더가 루인의 말에 아무런 반박도 못 하고 있는 것이다.

"솔직하게 말해 줬으면 하는데. 정확한 세력 구도와 힘의 역학 관계를 모르는 이상 함부로 움직일 수는 없다. 군주들의 세계에서 당신의 위치, 그리고 현재 짜여 있는 판에 대해 자세하게 설명해 줘야 한다."

"난…… 이 바스더는……."

처참하게 일그러진 얼굴.

이를 깨문 채로 한참을 침묵하고 나서야 패왕 바스더의 비틀린 입매가 달싹였다.

"난 단지 운이 없었다."

"뭐?"

"영원의 마력샘이 하필 놈의 영역 한가운데서 생겨났다! 마력을 선점하고 초월에 초월을 거듭한 건 놈이 대단해서가 아니라 단지 운이 좋았을 뿐이다!"

"놈이 누구지?"

뿌드득.

"저기 저 이면창조물들을 봐라!"

"이면창조물(異面創造物)?"

바스더의 시선이 가리키고 있는 것은 자신이 통제하고 있는 무수한 괴물들의 군집이었다.

"어떤 섭리의 쓰임도 부여받지 못하고 신에게 버려진 실패한 창조물들! 이 가변세계에 갇힌 채 죽지도 살지도 못하는 이름 없는 괴물들! 우리 군주들의 처지도 저 괴물들과 한 치도 다르지 않았다!"

"……."

"우리의 권능은 시간이 지날수록 위력이 약해졌다! 이 세계엔 한 줌의 마력도 없었기 때문이다! 저 이면창조물들도 내가 공급해 주는 마력 없이는 한순간도 움직일 수가 없다! 이 세계는 저주받은 곳이다!"

패왕 바스더는 영원의 마력샘이 생겨남으로 인한 격차는 결코 쉽게 좁힐 수 없는 것이라 항변하고 있었다.

시간이 지날수록 권능이 약해지는 것이 아니라, 오히려 운 좋게 격을 높일 수 있었던 일부 군주들과의 격차를 말하고 있는 것이다.

루인은 그저 웃고 있었다.

역사 속의 무시무시한 패왕도 역시 한 명의 인간이라는 생각이 들었던 것.

운. 하늘이 내려 주는 신비한 축복.

그것은 한 인간의 자질이나 노력과는 전혀 관계없이 찾아오는 축복이었다.

그런 운은 철저한 계획과 피를 삼키는 노력을 모두 수포로 만드는 가공할 위력이 있었다.

패왕. 모든 전장에서 승리하며 패왕의 운명을 타고난, 그야말로 운의 화신이었던 자.

그런 자가 단지 운이 없었다고 변명을 늘어놓는 것은 실로 한 편의 희극이었다.

그는 평생을 천운과 함께한 축복받은 패왕이었다.

"패왕 바스더. 그게 정말 운이라고 생각하나?"

"뭐……?"

다프네가 홀린 듯이 말했다.

"그 모든 계획을 마법사가 세운 거라면…… 영원의 마력샘이 그곳에 생겨난 건 결코 우연이 아닐 거예요."

피식 웃는 루인.

"철저한 계산이지. 세력의 균형을 자신의 의도대로 설계한 것이다."

"……."

급격히 어두워지는 얼굴빛.

루인은 지금 저 패왕이 얼마나 분노하고 있는지를 여실히 느낄 수 있었다.

지금까지의 모든 상황들.

철저하게 마법사가 설계한 판에서 놀아난 꼴이라는 것을 깨닫게 된 패왕은 자신이 견딜 수 있는 분노의 한계를 맞이하고 있었다.

하지만 역시 패왕은 패왕.

"내가 어찌하면 되겠느냐."

루인은 어느덧 극도로 차가워진 패왕의 두 눈을 담담히 응시하고 있었다.

"난 원래 무인이요 기사다. 머리를 쓰는 일, 책략과 협잡 따위에 능하지 못하지."

어찌 보면 본인이 머리가 나쁘다고 고백하는 것이나 다름

없는 말.

문득 루인은 검성 윌켄이 했던 말이 떠올랐다.

검사는 단순하면 단순할수록 좋다는 그 말.

검성은 검술을 익힘에 있어서 누구보다도 마음의 순수가 중요하다고 입버릇처럼 말해 왔었다.

"어떻게 하면 '사히바'를 무너뜨릴 수 있는지 묻고 있지 않느냐!"

"사…… 히바?"

"뭐, 뭐라고요?"

"사히바라니!"

생도들과 란시스, 심지어 동쪽 대륙의 전사들도 그 이름에 당황해하고 있었다.

사히바(Sa-haiva).

인류의 모든 고대 기록에 공통적으로 나타나는 '최초의 인간'이라고 알려진 존재.

그러나 사히바는 신의 이름처럼 실체가 증명되지 않은 존재였으며, 때문에 인간들에겐 아득한 고대 신화로 치부되는 이름이었다.

지금 바스더는 그런 신화적인 존재의 이름을 말하고 있는 것이다.

"이, 이곳에 정말 사히바가 존재하나요?"

"너희들이 먼저 가장 강한 군주를 묻지 않았느냐."

"아……."

정말 사히바가 실존했던 역사 속의 존재였다니.

루인이 웃었다.

"흥미롭군. 그는 얼마나 강하지?"

바스더는 그 질문에 대답을 할 수 없었다.

자신도 그가 얼마나 강해졌는지를 가늠하지 못하고 있었기 때문이다.

하지만 한 가지 확실한 건 있었다.

"그는 마법사보다 강했던 유일한 군주다."

"마법사보다?"

최초의 마법사, 테아마라스.

그런 악제의 권능을 능가하는 유일한 군주.

시론이 이해할 수 없다는 듯이 되물었다.

"이상하군요. 악제가 세력의 균형을 맞추고자 했다면 안 그래도 강한 사히바의 영역에 왜 영원의 마력샘을 생성한 겁니까? 강한 군주를 더 강하게 만들 뿐인데……."

잠시 생각의 진폭을 거듭하던 루인이 읊조리듯이 말했다.

"약한 군주를 지원해 봤자 어차피 마력샘은 지킬 수가 없다."

평생토록 악제의 전략을 상대했던 대마도사.

루인은 그의 가치관과 사고방식을 누구보다 잘 이해하고 있었다.

"나머지 군주들을 모두 아우를 수 있는 절대적인 군주의 탄생. 그게 놈이 노렸던 것이군."

분명 악제는 군주들의 욕망에 불을 지폈다.

그러나 그 비대해진 힘이 대신전을 견제하기만을 바랐을 것이다.

군주들이 세상 밖으로 나오는 것까진 결코 원하지 않았던 것이다.

하지만 루인은 이해되지 않는 것이 하나 있었다.

"그가 이 가변세계를 지배할 정도로 강하다면 왜 대신전이 무사한 거지?"

바스더의 자조 섞인 웃음.

"놈은 강하지만 무력하다."

전혀 상반되는 표현.

이 가변세계에서 가장 강한 절대 군주가 무력하다니 그건 또 무슨 소리란 말인가?

"사히바의 정신에 문제가 있다는 뜻인가?"

"그렇다. 놈은 태초신에 의해 창조된 첫 번째 인간. 즉 신의 실체를 알고 있는 유일한 인간이라는 뜻이지."

루인과 생도들이 무겁게 침묵하고 있을 때, 패왕 바스더의 입에서 더욱 놀라운 말들이 흘러나왔다.

"신의 의도를 이해하고 있는 유일한 인간. 그래서 놈은 무력하고 또 무력하다."

루인은 도저히 그의 말을 알아들을 수가 없었다.

"그게 무슨 상관관계인 거지?"

"나도 신의 의도는 정확히 모른다. 하지만 그것이 사히바를 무기력하게 만들었겠지. 오래전부터 그는 아무것도 하지 않았다."

아무것도 하지 않는 절대 군주.

루인이 진득하게 입술을 깨물었다.

악제가 왜 그를 선택한 건지 드디어 그 실체가 명확해진 것이다.

"하지만 그도 군주들의 전쟁에 분명 휘말렸을 텐데?"

"사히바와 전쟁? 크하하하하!"

허리까지 뒤로 젖히며 크게 웃던 뱌스더.

이내 그가 맹렬하게 눈을 빛냈다.

"가변세계의 그 어떤 군주도 감히 사히바와 전쟁을 결심할 수는 없다!"

세베론이 홀린 듯이 질문했다.

"사히바는 얼마나 강한 겁니까?"

피식.

"고작 눈길 한 번이면 여기 있는 모든 이면창조물들을 소멸시킬 수 있을 정도지."

"예……?"

멍하니 괴물들의 군집을 바라보고 있는 세베론.

저 득실거리는 무시무시한 괴물들을 고작 눈길 한 번으로 소멸시키는 권능이라니!

"오블레스 아이(O-Bless Eyes). 놈의 절대적인 권능이다. 놈은 자신의 눈을 통해 사람의 마음을 들여다볼 수 있고, 태양보다 더욱 강렬한 열기를 온 세계에 투사할 수 있다."

루인에게 두 번째 설명은 귀에 들리지도 않았다.

경악하고 있는 루인의 두 눈이 바스더를 끈질기게 응시하고 있었다.

"사람의 마음을 읽을 수 있다고……?"

그것은 명백한 신의 영역.

사람의 마음을 읽을 수 있는 권능은 마신 쟈이로벨에게조차도 불가능한 영역이었다.

〈그…… 그게 말이 되나요?〉

대마도사의 초월적인 정신 마법으로도 상대방의 마음을 헝클어 잠시 통제할 수 있을 뿐, 인간의 심연에 존재하는 생각을 들여다본다는 것은 상상도 할 수 없는 일이었다.

인간의 마음은 마법으로 해석이 불가능한 영역.

루인이 홀린 듯이 되물었다.

"그건 초월자의 영역에 이른다고 해서 가능한 권능이 아닐 텐데?"

"아니지. 하지만 놈에겐 가능하지. 분명 실체적으로 증명된 사히바의 능력이다."

"……."

이건 루인으로서도 도저히 예상하지 못한 일이었다.

사히바가 사람의 마음을 읽는다면 그에겐 어떤 전략도 무의미하다는 뜻.

자신의 어떤 설득도 그의 앞에서만큼은 무용지물이 될 수밖에 없는 것이다.

"사히바를 상대할 수 있을까……?"

시론이 멍하게 루인을 바라보고 있었다.

애초에 초월자들을 물리적인 힘으로 상대하는 것은 불가능에 가까운 일.

그렇다면 루인의 장점인 논리와 통찰력으로 상대해야 하는데, 상대방이 마음을 읽는 초월자라면 어떤 논리적 우위도 가져갈 수가 없는 것이다.

"사히바의 약점은 없는 건가?"

그런 루인의 질문에 바스더는 또다시 피식 웃었다.

"아까도 말하지 않았느냐? 아무것도 하지 않는 것. 그것이 그의 유일한 약점이다."

아니, 그게 그의 가장 강력한 장점이었다.

의지만 있다면 이 가변세계를 단숨에 통제할 수 있는 자가 아무것도 하지 않는다는 것.

그것이 가장 절대적인 공포이기 때문이었다.

루인은 악제의 치밀함에 몸서리가 쳐졌다.

이 가변세계는 놈의 설계대로 완벽하게 통제되고 있는 것이다.

'하지만…….'

자신의 예측대로라면 군주들은 분명 다가오는 미래에 대신전을 무너뜨릴 것이다.

그런 일이 벌어진 게 아니라면 악제는 결코 가변세계의 통로를 소멸시킬 이유가 없었다.

'악제가 그린 완벽한 그림처럼 보이는 가변세계에도 어떤 변수가 생겼다는 뜻이다.'

루인이 다시 바스더를 응시했다.

"다른 건? 사히바의 다른 약점은 없나?"

"다른 약점……?"

루인의 말에 곰곰이 생각해 보던 바스더가 고개를 흔들었다.

"아무것도 하지 않는 놈에게 그런 게 있을 리가. 놈은 그저 영원의 마력샘에 자신의 영역을 구축한 채 정말 아무것도 하지 않는다."

〈 그게 그분의 가장 무서운 점 같네요. 〉

"그런가?"

사히바의 공포로 통제되는 가변세계다.

미래에는 그런 공포에 균열이 생긴 것이 틀림없었다.

"정말로 그가 문명의 첫 인간이라면 이 가변세계를 가장 오래 겪은 인간이라는 뜻! 그의 마음을 이해하거나 흔들 만한 존재가 단 한 명도 없다는 건 말이 안 된다!"

인간은 사회적인 동물.

차원 거품 안에서 만 년 이상의 고독을 겪은 루인이었다.

그 공포와 고통을 겪어 보지 않았더라면 결코 지금과 같은 말을 할 순 없었다.

가변세계의 권태와 고독.

아무리 첫 인간 사히바라고 해도 그 역시 힘들었을 것이다.

자신이 차원 거품 안에서 견딜 수 있었던 건 오로지 쟈이로벨 때문.

분명 그에게도 쟈이로벨과 같은 존재가 있었을 것이다.

"놈의 마음을 흔들 만한 존재라······."

바스더의 눈빛에서 의문이 번져 갈 때쯤 루인이 소리쳤다.

"그를 이해하는 친한 군주가 있나?"

"그런 자가 있다면 한 명뿐이지."

"누구지?"

바스더가 시선으로 저 멀리 어두운 곳을 가리켰다.

"샤흐나."

뜻밖의 이름에 생도들과 란시스, 동대륙의 전사들 모두가 놀라고 있었다.

태초의 한 쌍.

그 이름은 인류의 첫 어머니를 상징하는 이름이었다.

Chapter. 73

　패왕 바스더의 영역 남쪽에는 테셀이라는 군주가 있었다.

　물론 그 이름은 루인도 익히 아는 영웅이었다.

　그는 르마델의 영웅이었으니까.

　권왕(拳王) 테셀.

　한 쌍의 주먹으로 르마델의 역사에 막대한 영향을 끼친 오백 년 전의 영웅.

　바람의 대행자 시르하 역시 그에게 많은 영향을 받은 무투가였다.

　시르하처럼 검이 아닌 무투술에 뜻이 있는 무인들에게는 누구보다 위대하게 남아 있는 이름이었다.

'하지만 초월자라……'

르마델 역사상 최고의 무투가로 이름을 날린 권왕이었지만 정작 그의 말년에 대한 기록은 많이 남아 있지 않았다.

검술이 아닌 무투술로 초월자의 경지를 정복한 인간은 매우 희귀한 편.

분명 더욱 대단한 위업을 이룰 수 있었을 텐데 이렇게 초월자들의 무덤인 가변세계에 있었다니……

휘릭휘릭.

루인과 생도들, 란시스와 동대륙의 전사들은 패왕 바스더와 함께 하늘을 나는 거대한 이면창조물의 등에 타고 있었다.

루인이 까마득해진 지상을 바라보며 바스더를 향해 말했다.

"이렇게 함부로 영역을 비워도 되나? 또 당신의 마력을 먹고 살던 괴물들은 어떻게 되는 거지?"

"바차카만 움직이지 않는다면 내 영역은 안전한 편이다. 이면창조물들에게는 이미 동면 명령을 내리고 왔지."

란시스의 입이 열렸다.

"그런데 패왕님. 저것들은 다 뭡니까?"

란시스의 시선이 고정되어 있는 곳은 머나먼 북동쪽.

그곳에는 바스더의 영역처럼 이면창조물들이 아닌, 별빛처럼 반짝이는 물체들이 하늘과 대지를 뒤덮고 있었다.

"마법사 놈에게 영향을 받은 놈들의 영역이다. 네놈이 보고 있는 건 놈들이 마법으로 생성한 결계고."

금방 호기심으로 물드는 루인의 눈빛.

"놈들? 한 명이 아니란 말인가?"

"흥, 비겁한 놈들이지. 혼자서는 생존할 수 없으니 그룹을 이룬 것이다. 그리고 저곳은……."

이제는 마음을 모두 연 바스더는 가변세계의 세력 구도에 대해 자세하게 설명하고 있었다.

의외로 자신만의 군단을 거느린, 즉 독자적인 군주로 활동하는 초월자는 소수였다.

대부분 뜻이 맞는 초월자들끼리 집단을 형성하거나, 혹은 최초의 인간 사히바처럼 군주들의 전쟁에 휘말리지 않고 중립을 유지하는 초월자들도 많았다.

그리고 집단을 형성한 초월자 그룹 중에서 가장 강력한 힘을 지닌 세력은 바로 저 마법사 집단이었다.

"루인! 저기!"

루인이 경악하고 있는 시론의 시선을 좇았다.

그곳에 믿을 수 없는 것이 있었다.

"마…… 마장기?"

"하지만 달라!"

이 먼 곳에서도 그 형태를 명확하게 가늠할 수 있다는 것.

그 크기가 인간들이 만든 마장기에 비해 수십 배는 더 크다는 뜻이었다.

그야말로 상상도 할 수 없는 거대한 마도 공학.

"저런 게 움직일 수나 있을까?"

"저건 그냥 산이잖아?"

그렇게 생도들이 호들갑을 떨고 있을 때 패왕 바스더의 뇌 까리는 듯한 목소리가 들려 왔다.

"거추장스러운 잔재주지. 위대한 마도 공학이니 뭐니 해 봤자 진정한 권능의 영역에서는 모두 무의미한 짓거리다."

"하지만 저 정도 마장기라면……."

저 거대한 마장기의 마력광선휘광포(魔力光線輝光砲)라 니 도대체가 상상조차 되지 않았다.

저 정도면 강마력 엔진의 크기만 해도 일반 마장기만 할 것 이다.

그런 크기의 마력핵이 운용하는 마력이라면 과연 리퀴르 측정기로 계측이나 될까?

"당신의 영역보다는 훨씬 좋은 곳처럼 보이는데 그럼 왜 정복하지 않는 거지?"

"그, 그건……!"

"진정한 패왕의 권능으로 일거에 쓸어버리면 되는 것 아닌 가?"

"닥쳐라!"

루인은 바스더의 신경질적인 반응에서 많은 것을 알 수 있 었다.

말은 저렇게 해도 정작 그의 능력은 마법사 집단에 미치지 못하고 있는 것이다.

지혜를 나누고 협력하는 마법사들.

그들이야말로 집단 지성의 무서움을 누구보다도 잘 이해하고 있는 자들이었다.

〈근방에서 감지계 술식 고유의 마력 파동이 느껴져요.〉

"뭐?"

패왕 바스더가 신경질적으로 루이즈를 쏘아보고 있을 때, 루인이 염동력의 진폭을 확장하며 융합 마력을 광활하게 펼쳤다.

지이이이잉-

그의 마력에 의해 반응하며 나타난 반투명한 물체.

가변세계의 상공에 떠 있는 그것은 누가 봐도 고위 마력안(魔力眼)이었다.

"······오큘리스?"

감지계 특화 마법 오큘리스의 마력안(Oculus's Magic-eye)은 다프네가 몸을 담고 있는 엘고라 학파의 대표적인 특화 마법.

"거추장스러운 놈들!"

바스더가 단숨에 패왕의 권능을 끌어올려 마력안을 파괴

하려고 들 때 루인의 차가운 목소리가 들려왔다.

"그만두는 게 좋을 텐데. 당신의 영역을 벗어났다고 온 가변세계에 알리고 싶은 것이 아니라면 말이지."

"이미 놈들은 다 보았을 것이다!"

"루인 님이 왜곡 마법을 펼쳤어요! 아마 못 봤을 거예요!"

루인이 피식 웃었다.

"저 마력안으로 확인할 수 있는 건 흐릿한 잔상뿐이다. 이제 열 좀 그만 내지."

바스더가 루인을 새삼스럽게 쳐다보고 있었다.

고작 진입자에 불과한 마법사를 하나 영입했을 뿐인데 벌써 대단한 도움이 되고 있는 것이다.

그제야 바스더는 다른 군주들을 압도하는 권능을 지닌 자신이 왜 패배를 거듭할 수밖에 없었는지 뼈저리게 깨닫고 있었다.

저런 쥐새끼 같은 마법을 자신의 영역 전체에 빈틈없이 깔아 둔 거라면 애초부터 정보전에서 밀릴 수밖에 없는 것.

"초월자들의 마법치고는 무척 허술하군. 하긴 마법을 모르는 당신에게 굳이 대단한 마법까진 필요 없었겠지."

"분명 엘고라 학파예요! 저희 학파의 선대 마법사분들 중 하나일 거예요!"

"짐작 가는 마법사라도 있나?"

"그건……!"

엘고라 학파의 역사에 현자가 출현한 적은 많았다.

하지만 그 무시무시한 마도사의 경지를 돌파한 것으로도 모자라, 인간의 굴레마저 초월한 초월자가 된다는 건 상상도 할 수 없는 일이었다.

마법의 역사에서 그 정도 경지를 이룩한 마법사는 최초의 마법사 테아마라스나 헤이로도스뿐.

"도무지 모르겠어요."

"그런가."

루인은 알고 있었다.

이 세계엔 초월자들이 생각보다 많았다는 것을.

르마델 왕국만 해도 오랜 기간 왕국을 지켜 온 비밀 결사, 소드 힐과 옴니션스 세이지라는 초인 집단이 있었다.

그 은밀한 초인들 중에서 초월자 하나가 탄생했다고 해도 전혀 이상한 일이 아닌 것이다.

자신이 살고 있는 이 시대만 해도 그러할진대 인류의 역사 전체라면 얼마나 많은 초월자들이 존재했겠는가.

그렇게 탄생한 초월자들을 족족 잡아 가두는 대신전이 없었다면, 애초에 인류의 세계는 초월자들의 전쟁터가 됐을지도 모르는 일이었다.

후우우우웅-

거대한 이면창조물의 날개가 멈췄다.

서서히 가변세계의 지면을 향해 활강하기 시작한 것이다.

루인은 사방을 가득 메우고 있는 전혀 다른 기질의 마력을 느끼고 있었다.

아니 이건 마력이 아닌 분명한 투기였다.

끝없이 청량한 기운.

그 힘은 바람의 대행자, 시르하를 닮아 맑고 청량했다.

"권왕 테셀의 영역에 들어왔군."

부우우우웅-

기다랗게 선회하던 이면창조물이 가변세계의 지면에 착지했다.

루인의 동료들은 패왕 바스더의 영역과는 확실하게 다른 기운에 놀라고 있었다.

"마나가 자연스럽고 청량해요!"

"마치 울창한 숲에 들어온 것 같아!"

무표정한 얼굴로 이면창조물의 등에서 내려온 리리아가 바닥의 흙을 손으로 훑었다.

"마치 우리 대륙 같군."

어떤 이질적인 기운도 느껴지지 않는 자연스러운 영역.

눈앞에 보이는 건 그저 꽤 기름져 보이는 광활한 대지가 전부였다.

하지만 숲이나 산, 강과 같은 자연은 존재하지 않았다.

패왕 바스더의 영역에서 보았던 괴물, 이면창조물 같은 것도 보이지 않았다.

이면창조물의 흉측한 척추를 붙잡고 내려온 다프네가 조심스럽게 바스더를 바라봤다.

"그런데 권왕 테셀 님에겐 왜 온 거죠?"

"놈은 샤흐나와 친분이 있는 몇 안 되는 군주들 중 하나다."

미간을 찌푸리는 루인.

"굳이 왜 누군가를 거쳐야 하는 거지? 그녀를 바로 만나지 못하는 이유라도 있나?"

"소멸될 수도 있으니까."

"뭐?"

바스더의 담담한 고백.

그의 표정엔 어떤 자존심의 상처도 없었다.

"샤흐나 역시 사히바처럼 침묵하는 존재지만 그녀의 권능도 무시할 순 없다."

"그녀도 마법사보다 강하나?"

"모른다. 그녀는 이 가변세계에서 가장 비밀스러운 군주. 모든 건 짐작일 뿐 확인된 것은 아무것도 없다."

〈아무것도 확인된 것이 없는데 어째서 그녀를 두려워하는 거죠?〉

피식 웃고 있는 바스더.

"그녀를 본 적이 있으니까."

루인이 바스더를 쏘아봤다.

"그녀를 봤다고?"

"내 모든 감각이 그녀의 움직임 하나하나에 민감하게 반응
했었지. 굳이 싸워 보지 않아도 알 수 있었다. 이 패왕 바스더
보다 훨씬 강하다는 것을."

그때.

츠츠츠츠츠-

마치 허공에 생겨나듯 누군가가 루인의 동료들 앞에 나타
난 것.

"진입자들? 당신은 또 왜……?"

거의 반나체로 헐벗고 있는 사내.

거칠게 산발한 머리.

의뭉스럽지만 강렬한 두 눈동자.

패왕 바스더가 고아한 눈길로 그를 내려다보았다.

"여전하군. 그 짐승 같은 몰골은."

네모반듯한 근육질을 전신에 갑옷처럼 두르고 있는 권왕
테셀.

그 압도적인 육체미에 루인의 동료들과 동대륙의 전사들
이 하나같이 감탄하고 있었다.

테셀은 진입자들과 함께 나타난 바스더를 더욱 기이하게
바라보고 있었다.

저 무시무시한 패왕이 이면창조물 군단 없이 움직이는 것

을 처음 보았기 때문.

"분명 우리는 협정을 맺었을 텐데?"

"네놈과 전쟁을 하고자 온 것이 아니다. 테셀."

조용히 서 있던 루인이 나섰다.

"우리를 샤흐나 님에게 데려다주십시오."

"샤흐나? 그녀를 왜……?"

희미하게 웃는 바스더.

"사히바를 설득하고자 한다."

"사히바? 설득?"

뜬금없이 나타나서 알 수 없는 말들만 늘어놓는 바스더를
이해할 수 없었던 테셀은 더욱 황당한 눈으로 모두를 차례로
응시했다.

"대체 그게 무슨 말이지? 무슨 설득을 하겠다는 건가?"

순간 바스더가 턱을 조이며 강렬한 눈빛으로 테셀을 바라
봤다.

"대신전이 마법사를 풀어 주었다. 테셀."

"마법사……?"

"그렇다. 현재 그는 인간들의 틈에서 활동하고 있다."

"뭐!"

패왕이 그랬던 것처럼 그 소식은 테셀에게도 큰 충격인 듯
보였다.

마법사가 외부 세계로 나갔다면 대신전이 섭리의 맹약을

저버렸다는 뜻이기 때문.

　그 일은 이 가변세계의 질서와 근간을 뒤흔드는 일이었다.

　"대신전은 신념과 권위를 모두 잃었다. 놈들의 순수는 모조리 거짓인 것이다. 나는 이 일을 사히바에게 알리고 그와 함께 대신전을 굴복시키고자 한다."

　순간.

　"당신은 이 지옥에서 나가려는 것인가?"

　권왕 테셀의 두 눈에서 강렬한 열망과 갈증이 얽히고 있었다.

　다시 베니스 대륙으로 나가고 싶은 욕망은 그에게도 마찬가지였던 것.

　"마법사를 내보낸 이유를 대신전에 물을 것이다. 그리고 그 기회는 우리 모두에게 공평하게 주어져야 할 것이다. 그렇지 않은가 권왕 테셀?"

　루인이 웃었다.

　"샤흐나를 만나게 해 주십시오. 테셀 님 역시 저희와 함께 이 지옥에서 나갈 수 있게 되실 겁니다."

　얼굴을 찡그리는 바스더.

　"왜 놈에겐 존댓말인 거지?"

　씨익.

　"이분은 우리 르마델의 영웅. 이 루인이 존경하는 사람이니까."

◆ ◆ ◆

권왕 테셀은 특이한 초월자였다.

무인이 지닌 특유의 기세라면 투박한 투기나 스멀거리는 살기, 맹렬한 의지 같은 것들이어야 했다.

그러나 그에게는 그런 일반적인 무인의 기세가 없었다.

견고한 투쟁심도 삶을 관통해 온 고집도 느껴지지 않는, 그야말로 한없이 자유로운 사내.

루인은 이런 테셀과 닮은 무인을 하나 알고 있었다.

'시르하.'

하지만 시르하는 테셀과 만난 적이 없었다.

직접 가르침 한 번 받은 적이 없는 상대와 이토록 닮아 있다는 것.

그것은 권왕 테셀이 남긴 무투술에 그의 정신과 철학이 뿌리 깊게 녹아 있다는 뜻일 것이다.

그래서 루인은 왠지 모르게 테셀이 남처럼 느껴지지 않았다.

"내 플라잉 오가넘(Flying Oganum)을 타고 가면 한나절이면 도착할 텐데 왜 걸어가자는 거지?"

바스더의 질문에 묵묵히 걷고 있는 테셀이 멈춰 섰다.

"정말 몰라서 묻고 있는 건가?"

테셀이 한심하다는 듯이 바스더를 노려보고 있었다.

"적어도 4명의 군주들이 지배하고 있는 영역을 지나야 한다. 저 괴물을 타고 그들의 영역 상공을 누빈다면 무슨 일이 일어날지는 뻔하지 않은가."

"흥! 대신전이 마법사를 외부 세계로 보낸 마당에 고작 영역 다툼 따위에 목을 매자는 거냐!"

"그럼 일일이 그들을 설득하고 난 후에 통과하자는 건가?"

"어차피 모든 군주들이 알아야 할 일!"

루인도 한심한 눈빛이 되어 바스더를 쳐다보고 있었다.

'왜 저자가 가변세계의 변방에서 찌그러져 있었는지 이제야 알 것 같군.'

패왕 바스더는 그 위상과 권능에 비해 성격이 너무 폭급했다.

저렇게 앞뒤를 재지 않는 투박한 성격으로 어떻게 절대적인 초월자의 반열에 올랐는지 자못 궁금할 따름이었다.

"자네들도 마력을 내부로 감추게. 저 동대륙의 후배들에게도 민감하게 열고 있던 감각을 모두 닫으라고 전해 주시게."

루인이 테셀의 그 말을 동대륙의 전사들에게 그대로 전달하자 챠스단과 그의 동료들이 정신없이 고개를 끄덕이고 있었다.

그들은 왠지 바스더보다 테셀을 더욱 두려워하고 있는 것처럼 보였다.

〈생명체의 기운이 느껴져요!〉

루이즈의 다급한 영언이 울려 퍼지자 생도들이 일제히 긴장하며 더욱 깊숙이 마력을 숨겼다.

예리하게 날이 서 있던 챠스단과 란시스의 투기도 일순간에 잦아들었다.

아무렇지 않은 얼굴로 코웃음을 치는 건 패왕 바스더뿐이었다.

"기메아스 놈의 환영생명체군. 걱정할 것 없다. 환상종들 따위는 식후 소일거리도 되지 않는다."

"기메아스? 그게 누구지?"

루인의 질문에 테셀이 대답했다.

"그는 환영의 군주네. 이 환상 지대를 지배하는 군주지."

환영의 군주, 기메아스.

이 가변세계의 초월자들은 대부분 외부 세계에서 막대한 영향력을 끼쳤던 영웅들이었다.

하지만 루인과 동료들은 그의 이름을 한 번도 들어 본 적이 없었다.

절대적인 초월자가 인간의 역사에 이름을 올리지 못했다는 것은 매우 기이한 일이었다.

다프네가 불안한 눈으로 테셀을 바라보고 있었다.

"그는 마법사인가요?"

환상, 환영.

왠지 마법사일 것 같은 불안한 예감.

한데 테셀은 즉답을 하지 못하고 있었다.

바스더가 비웃으며 말했다.

"놈의 권능은 마법이라기보단 주술에 가깝다. 변태 같은 놈이지."

"주술사?"

주술(呪術).

마법이 존재하기 이전 시대부터 존재해 온 초현실적인 힘을 다루는 존재들.

그들은 사람의 영혼과 사후 세계에 대해 깊은 통찰을 지니고 있으며, 고대의 신들과도 소통할 수 있는 자들이었다.

한데 그런 주술사들은 지금 시대에 이르러서는 거의 사라져 버렸다.

인류의 역사에 분명한 발자취를 남긴 존재들이었으나 실증적인 마법 문명이 도래한 이후로 감쪽같이 자취를 감춘 것이다.

호기심으로 물든 루인의 시선이 바스더에게 향했다.

"초월자가 된 주술사라니 굉장히 특이한 자로군. 당신과 적대 관계인가?"

앎을 향한 목마름, 지적 호기심이라면 어떤 마법사 못지않은 루인이었다.

바스더가 그와 적대적인 관계가 아니라면 지나가는 김에 한 번쯤은 만나 보고 싶었던 것이다.

하지만 루인의 그런 바람은 보기 좋게 빗나가고 말았다.

"이 지옥 같은 곳에서 단 한 놈만 쳐 죽일 수 있다면 이 바스더의 선택은 하나뿐이다."

"······그게 기메아스란 거냐?"

"그렇다."

더 구체적으로 듣지 않아도 알 수 있었다. 바스더와 기메아스의 엄청난 악연을.

그렇게 루인이 아쉬움에 입맛을 다시고 있을 때.

〈느껴져요. 그 생명체가 우릴 보고 의문을 품고 있어요.〉

촤아아아아!

루이즈의 그 말을 듣자마자 바스더가 사방으로 강대한 기파를 튕기고 있었다.

순간 안색이 창백해진 생도들.

기괴한 형태의 생명체가 기파의 영향에 스멀거리며 드러났기 때문이었다.

바스더의 영역에서 보았던 이면창조물들보다 오히려 더욱 끔찍한 형태의 괴물이었다.

핏발을 가득 세운 채 사방을 두리번거리고 있는 기괴한

형태의 눈알.

바스더가 그렇게 허공에 떠 있는 환상종을 향해 검을 휘두르려고 하자 테셀이 막아섰다.

"지금 저 환상종을 소멸시킨다면 그 즉시 기메아스가 군단을 이끌고 달려올 것이다!"

"어차피 들켰다!"

콰아아아아아앙!

환상종이 있던 자리에 마치 운석에 팬 듯한 거대한 구멍이 생겨났다.

란시스가 구멍 난 대지를 망연자실하게 바라보고 있었다.

"대체······."

그 깊이를 짐작할 수 없는 시커먼 무저갱.

저런 걸 인간이 맞으면 어떻게 될지 감히 짐작할 수 없었다.

패왕의 검술.

바스더의 권능, 혼돈의 검은 그야말로 상상을 넘어서는 것이었다.

그런 패왕의 검흔을 무심하게 바라보고 있는 루인.

검성이 완성했던 궁극의 비기 '캘러미티 카오스(Calamity Chaos)'와는 그 근본부터가 달랐다.

최종 진화에 다다른 혼돈의 오러, 그 독특한 진멸 파장까지는 비슷했지만 저런 무한대의 검기 발출은 검성이 결코 도달하지 못한 경지.

검성이 결코 넘지 못한 벽, 진정한 초월자의 경지인 것이었다.

"외부 세계에 당신의 제자가 있다."

"내 제자?"

처음에는 기분이 나쁘다는 듯이 얼굴을 구기고 있던 바스더가 점차 눈빛이 흔들리기 시작했다.

"그토록 긴 세월이 흘렀건만 아직도 내 검술을 잊지 않은 후손이 있단 말이냐!"

"남아 있지. 당신의 후손은 아니지만."

바스더는 꽤나 흥분하고 있었다.

그도 자신의 이름이 외부 세계에서 어떤 취급을 받고 있는지 무수한 진입자들의 증언을 통해 이미 알고 있었다.

베나스 대륙을 파괴했던 재앙의 이름.

자신의 사후, 대륙에 나타났던 모든 패권 국가들은 패왕의 역사를 지우기 위해 무던히도 힘써 왔다.

그 모진 핍박을 견디면서도 패왕의 검술을 끝까지 지켜 낸 후손이 존재한다는 것은 바스더에게 꽤 기꺼운 일이었다.

"정말 나가게 된다면 녀석에게 당신의 온전한 검술을 전수해 주면 좋겠다."

"물론이다! 내 검술을 지킨 자라면 패왕을 이을 자격으로 충분하지!"

패왕을 만나고 흥분할 월켄의 모습을 떠올리니 왠지 흐뭇해진 루인.

하지만 권왕 테셀의 따가운 눈총에 루인은 더 이상 웃을 수 없었다.

"기메아스의 환상종을 없애 버린 주제에 다들 한가롭기 짝이 없군. 느껴지지 않는가? 환영의 군주가 가까이 다가오고 있다."

쿠구구구구구-

환상종들의 군단은 눈에 보이진 않았다.

그러나 대지의 흔들림만으로도 알 수 있었다. 엄청난 군단이 접근해 오고 있다는 것을.

바스더가 검을 곧추세웠다.

그가 혀를 날름거리다 두 눈을 감았다.

"네놈들도 눈을 감고 싸우는 게 좋을 거다. 놈의 모든 것은 거짓이니까."

피식 웃는 루인.

시계(視界)를 제한하면서도 전투에 임할 수 있는 건 검사들의 특권이다.

하지만 허상을 상대하면서도 진실을 엿볼 수 있는 것이 마법사의 마도.

츠츠츠츠츠-

허공에 소환된 루인의 헬라게아에서 거대한 마장기가 드러났다.

생도들과는 달리 루인은 먀신 쟈이로벨이 창조한 마장기를 본래의 위력 그대로 다룰 수 있었다.

"뭐냐? 네놈도 그 바보 같은 쇳덩이를 다루는 것이냐?"

루인은 말없이 염동력 일으켜 마장기와 동조 감응을 하고 있었다.

마장기의 강마력 엔진이 붉은빛을 띠며 타오르기 시작했을 때 루인의 육체에도 열꽃처럼 붉은빛이 번지기 시작했다.

마도사의 융합 마력을 모조리 집어삼킨 혈주투계가 루인의 온몸을 지배하기 시작한 것이다.

그런 루인의 모습에 바스더와 테셀이 동시에 흥미로운 눈을 했다.

"그건 무슨 수법이냐?"

말없이 미소만 띠고 있는 루인.

"마력을 치환하여 육체의 의지를 강화한 건가? 마치 투기처럼 끓어오르는군. 대단하다. 그런 운용법은 처음 본다."

짧은 감상평이었지만 테셀은 진심으로 놀라는 눈치였다.

루인도 놀라기는 마찬가지였다.

복잡한 이론과 체계로 설명하진 않았지만 '끓어오른다'는 원초적인 표현으로 혈주투계의 본질을 가장 정확히 꿰뚫어 보고 있었기 때문.

혈주투계가 투기로 발현하는 무투술과 비슷해 보이는 결정적인 이유는 바로 시전자의 강렬한 의지가 깃들어 있기 때문이었다.

"리리아. 측면을 부탁해."

"알았다."

익숙한 생도들의 움직임도 이어졌다.

각자의 방위를 맡아 철저하게 진영을 짜고 있는 그 모습에 란시스와 동대륙의 전사들도 전의를 다지며 검을 치켜세웠다.

〈전방이에요!〉

하지만 루이즈의 외침보다 초월자들이 한발 앞서 있었다.

생도들이 본 건 권왕 테셀의 광활한 등이었다.

콰콰콰콰콰콰콰콰!

테셀이 주먹을 내지르자 상상도 할 수 없는 기파가 대지의 땅거죽을 모두 뒤엎고 있었다.

그러자 땅 먼지를 뒤집어쓴 환상종 군단이 단숨에 드러났다.

지금까지 늘 조심성 있게 경고하던 권왕이 막상 일이 터지자 가장 먼저 나서고 있는 것이다.

히죽 웃고 있는 패왕 바스더.

권왕 테셀은 가변세계에 진입한 지 천 년도 되지 않은 미약한 초월자였다.

　그런 자를 자신의 영향 아래 보호하고 있는 이유야말로 테셀의 저런 시원시원한 성격 때문.

　싸우기 전까진 누구보다 신중하지만, 막상 전투에 돌입하면 전신(戰神)처럼 싸우는 자였다.

　탓!

　허공 위로 솟구친 패왕.

　오만하고 고고하게 환상종 무리를 내려다보던 그가 검을 부드럽게 움켜잡는다.

　패왕은 그저 가볍게 검을 아래로 내리그었을 뿐이었다.

　"어?"

　다프네의 혼란스러운 눈빛.

　아무런 소음도 파괴도 없었다.

　한데 모든 환상종 무리들이 미립자 단위로 흩날리고 있었다.

　시야를 가득 메우고 있던 괴물들이 덧없는 먼지가 되어 소멸되고 있는 것이다.

　테셀이 두 주먹을 움켜쥔 채로 몸을 떨고 있었다.

　혼돈(混沌)을 넘어선 무검(無劒)의 경지.

　패왕이 진정한 자신의 경지를 권왕에게 선보인 것은 오늘이 처음이었다.

여전히 고고하게 허공에 떠 있던 패왕이 어느덧 머나먼 곳을 검으로 가리키고 있었다.

"언제까지 쥐새끼처럼 숨어 있을 것이냐, 기메아스."

그 순간.

스스스스스-

환상처럼 아른거리며 나타난 여인.

패왕의 오랜 호적수가 더없이 아름다운 미소로 웃고 있었다.

그 마력적인 미소에 루인의 동료들 모두가 온몸으로 전율하고 있었다.

환영의 군주, 기메아스.

마침내 그녀가 나타났다.

바스더.

자신이 어찌하여 패왕으로 불리고 있는지를 온몸으로 증명하고 있는 초월자.

기메아스가 등장한 그 순간, 바스더는 일말의 망설임도 없이 세계를 절멸시킬 것만 같은 파괴적인 검광을 투사했다.

콰아아아아앙!

또다시 생겨난 무저갱과 같은 지저(地底)의 구멍들.

하지만 여인의 나직한 웃음소리, 기메아스의 비웃음과 함께 이내 사방에서 환상과도 같은 잔상이 아지랑이처럼 일렁이기 시작했다.

-호호호호!

루인의 눈빛이 거세게 흔들린 건 그때였다.

'뭐……?'

시야가 닿는 모든 방향에서 기메아스가 생겨난다.

수백? 수천?

아니 셀 수조차 없었다.

각기 다른 표정과 몸짓으로 서 있는 수천 명의 기메아스.

환영의 군주라는 이름에 모자람이 없는, 그야말로 엄청난 권능이었다.

바스더는 이미 비웃음을 머금은 채로 눈을 감고 있었다.

"또 그 잔재주냐!"

바스더는 얼핏 보면 마구잡이로 검을 휘두르는 듯했으나 기메아스의 비웃음 소리는 단번에 잦아들었다.

그 즉시 루인은 바스더의 공격이 실체와 허상을 명확히 구분하고 있다는 것을 깨달았다.

콰아아아아앙!

콰아아아아아앙!

대지를 수도 없이 꿰뚫으며 생겨나는 바스더의 파괴적인 검흔.

그러나 그 검흔보다 훨씬 많은 기메아스의 환영들이 사라지고 생겨나기를 반복하고 있었다.

환영의 군주 기메아스가 왜 패왕의 라이벌인지를 충분히 인식할 수 있는 광경.

"저런 게 어떻게 가능한 거죠……?"

환영 마법에 꽤 자신이 있는 다프네였지만 그녀로서도 상상조차 해 보지 못한 불가사의한 장면이었다.

"정말 마법이 아니야! 어떤 도식도 마력회로도 없이 그냥 생겨나고 있다고!"

"정말 저것이 말로만 듣던 주술?"

시전자의 심상과 직관 없이 저런 실체에 가까운 환영들이 무수히 생겨날 수 있다는 것을 생도들은 받아들이지 못하고 있었다.

그러나 루인, 마도사의 눈이 바라보고 있는 진정한 권능의 영역은 그것으로 끝이 아니었다.

패왕과 기메아스의 전투를 흔들림 없이 바라보고 있던 루인이 되뇌듯 입을 열었다.

"모두 허상임과 동시에 실체군."

루인의 괴상한 해석에 란시스가 미간을 찡그렸다.

"그게 무슨 소리지?"

"말 그대로다. 저 기메아스의 환영들은 모두 허상이며 동시에 실체다."

아무리 해석을 달리하려고 해 봐도 결국은 저 수천 명의 기메아스가 모두 실체일 수도 있다는 말.

듣고 있던 시론이 되물었다.

"그게 말이 돼? 환영, 환상이란 결국은 인간의 눈으로 하여금 착시나 허상으로 받아들이게끔 유도하는 왜곡 술식의 결과다. 저 수천 개의 기메아스가 실체라는 건……!"

루인은 누구보다도 이론의 정향성(定向性)에 충실한 마법사였다.

그런 그가 전혀 이론과 맞지 않은 말을 하고 있으니 모든 생도들이 당황한 것이다.

그때.

딸랑딸랑!

사방에서 들려오는 소름 돋는 방울 소리.

루인의 동료들이 일제히 귀를 틀어막으며 고통스럽게 얼굴을 구기고 있었다.

인간이 견딜 수 있는 불쾌한 소음의 한계를 벗어나 있는 굉음.

그것은 수천 명의 기메아스가 손에 들고 있는 지팡이, 그 지팡이들의 끝단에 매달린 방울이 흔들리는 소리였다.

찌르르르르르-

이내 그 방울들은 눈에 보이지 않을 정도로 흔들리며 엄청난 고주파를 뿜어 대기 시작했다.

극한의 미세 진동이 맹위를 떨치자 주변의 공기가 엄청난 열기를 뿜어내기에 이른 것이다.

동시에 주위의 모든 돌과 흙 따위가 푸스스 가루로 변하며 이내 시뻘겋게 달아올랐다.

가히 인간의 상상력을 넘나드는 기메아스의 가공할 권능에 루인이 다급하게 동료들을 향해 외쳤다.

"모두 내 뒤쪽으로! 진영을 옮겨!"

사태의 심각성을 인지한 테셀이 허공으로 솟구치며 패왕 바스더를 돕기 시작했다.

그가 기메아스의 환상들과 얽히며 전투에 돌입했을 때 루인의 동료들이 새로운 진형을 완성했다.

츠츠츠츠츠츠-

루인의 전신에서 가공할 융합 마력이 흘러나와 사방으로 흩어졌다.

그의 융합 마력이 모조리 암마력 결계, 다크니스 필드(Darkness Field)로 치환되어 자신과 동료들을 보호하기 시작한 것.

하지만 안심이 되지 않았는지 루인은 끊임없이 결계를 소환하여 여러 겹으로 다크니스 필드를 강화했다.

지지지직!

지지지지직!

"루인 님!"

강렬한 스파크와 함께 순식간에 세 겹의 다크니스 필드가 시뻘건 잔상만 남기고 사라져 버리자.

루인이 이를 악물며 동료들에게 소리쳤다.

"몇 초만 시간을!"

루인의 말이 떨어지기가 무섭게 다프네가 메모라이즈를 풀며 비탄의 수호벽 세 쌍을 소환했고.

리리아의 물리 흡수 필드(Physical Force Absorption Field), 이어 루이즈의 마나 재밍이 허공을 수놓았다.

시론도 전방으로 뛰어가며 자신이 시전할 수 있는 최고의 잔풍계 마법, 가변 격류 토네이도를 네 개나 소환했으며.

세베론 역시 마나 번을 각오하며 대면적 고위 술식, 초질량 역전 필드를 바닥에 펼쳐 놓았다.

그렇게 생도들 모두가 자신들의 역량을 아득히 능가하는 마법을 선보이고 있었다.

미리 루인이 건네준 아티펙트가 아니었다면 애초에 불가 능했던 마도(魔道).

벌써 다프네는 쓰고 있던 루타므의 영체 투구에 마력 균열이 일어날 정도로 염동 증식을 거듭하고 있었다.

하나.

"끄아아아아아악!"

"꺄아아아아!"

엄청난 고주파의 미세 진동 파동이 각각의 마법에 닿자마자 강력한 반탄력과 함께 모든 생도들이 튕겨져 버린 것.

특히 루이즈의 상태가 꽤 심각했다.

권능의 결을 먼저 읽은 후 물리력으로 얽히기 전에 차단하는 마나 재밍의 특성상, 가공할 고주파 파장에 가장 직접적으로 노출되어 버린 것이었다.

시론이 이를 악문 채로 필사적으로 뛰어가 자신의 몸으로 루이즈를 덮었다.

루이즈의 몸에는 미세한 그물처럼 얽힌 상처들이 울컥거리며 피를 뿜어내고 있었다.

⟨……무거워요.⟩

동공이 풀린 채로 씨익 웃는 시론.

"그럼 가벼울 줄 알았냐."

그는 마나 번을 온몸으로 견디면서도 고주파 진동을 필사적으로 막아 내고 있었다.

루이즈가 눈물을 왈칵 쏟으며 심상에 집중하고 있을 때, 란시스와 세 명의 동대륙 전사들이 전방으로 뛰어나갔다.

그들이 선택한 건 기사가 선택할 수 있는 가장 최후의 수단, 투기 폭풍이었다.

투기 폭풍.

공격 이외의 모든 불필요한 요소를 포기하는, 말 그대로 무(武)의 효율을 포기하는 기술.

"하아아아아아아압!"

"끄아아아아!"

하지만 그런 투기 폭풍은 짧은 순간이나마 평소의 몇 배에 달하는 투기를 운용할 수 있게 만들어 준다.

촤아아아아아!

쏴아아아아아아!

한 명의 기사와 세 명의 전사들이 일제히 뿜어내는 투기 폭풍은 가히 장관이었다.

각자가 익히고 있는 투기의 성질에 따라 다양한 빛깔을 머금은 오오라가 찬란한 보석처럼 타오르고 있는 것이다.

그러나.

"크으으으으으!"

"캬아아아아!"

"피, 피해라! 도저히 이건 견딜 수 없어!"

란시스가 뒤로 물러나며 소리쳤지만 공용어를 알아듣지 못하는 동대륙의 전사들은 끝까지 버티고 있었다.

초인의 경지를 이룩한 전사들이기에 가능한 일이었지만 그들의 상태 역시 좋지 않은 건 마찬가지.

이미 그들의 피부가 쩍쩍 갈라지기 시작했고 특히 대장 챠스단은 하얀 광대뼈가 드러나고 있었다.

"제길! 무식한 놈들!"

란시스가 챠스단을 안듯이 메다꽂자 그제야 정신을 잃으며 쓰러져 버린 동대륙의 전사들.

그즈음 뒤편에서 나직한 시동어가 들려왔다.

마도사의 진언이었다.

ㅊㅊㅊㅊㅊㅊㅊ-

파동과 파동이 맞부딪친다.

사방이 새하얀 열광처럼 물들고 있었다.

혼절하기 직전의 다프네가 웃으며 소리쳤다.

"반대위상!"

일정한 주기의 파동이 반대되는 파동과 톱날처럼 맞부딪
쳤을 때 고유의 특성이 상쇄되는 반대위상(反對位相)의 술
식.

이미 이 술식의 이론은 루인에게 배운 적이 있었지만 이런
치열한 전투 과정에서 발휘할 수 있다는 건 전혀 다른 차원의
문제였다.

세계를 집어삼킬 것만 같은 고주파의 미세한 파장을 이 짧
은 순간에 모두 해석했다는 뜻.

쏴아아아아아-

루인을 중심으로 퍼져 나간 반대위상의 마법이 증식에 증
식을 거듭하며 모든 공간을 잠식하고 있었다.

술식의 한계선, 거대한 원형의 방호막이 루인의 주위로 펼
쳐진 것이다.

곧 그가 이를 악물며 동료들에게 소리쳤다.

"루이즈를! 루이즈의 상태를 살펴라!"

"아, 알았다!"

어느덧 혼절해 버린 시론, 그 아래에 깔려 있는 루이즈가 간헐적으로 몸을 떨고 있었다.

곁눈질로 루이즈의 상태를 확인한 루인의 얼굴이 악마처럼 일그러졌다.

저벅저벅.

반대위상의 술식을 유지하며 천천히 걸어가던 루인이 간신히 마장기의 키를 잡았다.

순식간에 일어난 동조 감응.

무한대로 확장하기 시작한 루인의 염동력에 의해 강마력 엔진이 강렬한 용암처럼 끓어오르기 시작했다.

구구구구구구-

날렵한 키를 중심으로 드러난 루인의 두 눈이 열광으로 이글거렸다.

촘촘한 살기로 얼룩지기 시작한 그 눈은 쟈이로벨을 닮아 붉은빛이었다.

미세 조준.

강마력 전개.

원소력 개방.

그리고 파멸(破滅).

콰아아아아아아아아앙!

귀청을 찢는 듯한 굉음.

세계를 멸망시켜 버릴 듯한 마력광선휘광포가 적을 향해 불을 뿜는다.

그것은 생도들이 전개했던 마장기의 포격과는 차원이 다른 위력이었다.

새하얀 잔상을 남기며 직선상의 모든 물체를 지워 버리고 있는 마력광선휘광포.

그러나.

지지지직!

지이이이이익!

뭔가 장애물을 만난 듯 더 이상 앞으로 나아가지 못한 채 스파크만 튀기더니.

거대한 휘광은 이내 두 개로 갈라져 머나먼 후방으로 사라져 갔다.

"……."

"……."

루인을 비롯한 그의 모든 동료들이 멍하니 굳어져 있었다.

고작 환영체 하나.

수천 개에 달하는 기메아스의 환영체를 단 하나도 소멸시키지 못한 채, 고작 저 작고 힘없는 지팡이에 의해 갈라져 버린 것.

란시스가 전율하며 소리쳤다.

"저, 정말 모두 진짜란 말인가?"

수천 개의 방울이 떨리는 소리도 그렇고 방금 저 환영체도 그렇고 하나같이 실체처럼 느껴지지 않는가?

초월자의 영역, 그 무서운 실체를 온몸으로 경험하고 있는 루인의 동료들은 입을 다물 수가 없었다.

그것은 루인도 마찬가지.

적어도 전성기 시절의 악제, 아니 어쩌면 그 이상일지도 몰랐다.

콰아아아아앙!

콰아아아아아앙!

패왕 바스더와 권왕 테셀이 아직도 전율이 일 정도의 공격을 수도 없이 해 대고 있었다.

하지만 소멸된 환영은 이내 다시 생겨나기만 할 뿐, 그렇게 의미 없는 공방만이 계속 이어지고 있었다.

그즈음 환영의 군주, 기메아스의 마력적인 목소리가 울려 퍼졌다.

-지겨워.

거짓말처럼 한꺼번에 사라져 버린 기메아스의 환영체들.

패왕이 감고 있던 눈을 슬며시 떴다.

"이렇게 될 줄 뻔히 알고 있으면서 내게 덤빈 것이냐?"

패왕도 알고 있었다.

환영의 군주 기메아스와의 싸움은 결국 자신의 투기가 다하거나 그녀의 영력이 다하거나 둘 중 하나라는 것을.

기메아스의 뚱한 시선이 루인과 그의 동료들을 훑고 있었다.

-하지만 날 공격하는 진입자들이라니. 제법 신선했어. 응? 설마 계약도 안 한 거야?

기메아스로서는 당황스럽기 짝이 없는 일이었다.

감히 군주와 계약도 하지 않은 진입자 주제에 군주들의 전쟁에 참견하다니?

한데.

-어? 영안(影眼)?

기메아스의 당황한 시선은 쓰러져 있는 루이즈를 향해 있었다.

대체 영(影)을 느낄 수 있는 인간이라니?

그건 영묘족이 멸종한 이후로 인간들에게 완벽히 사라진 권능이지 않은가?

그로 인해 주술의 맥이 끊겼다.

한데 저 영안을 지닌 진입자는 이미 영력마저 상당한 듯 보였다.

그야말로 주술사로서 최고의 자질.

기메아스의 기묘한 눈빛이 패왕을 향했다.

"패왕."

"뭐냐."

당황하는 바스더.

신비로운 환영의 군주가 자신의 본질을 감추는 그림자마저 해제하며 스스로를 드러낸 것이다.

"저 진입자, 나한테 팔아."

일그러지는 대마도사의 얼굴.

"뭐라는 거냐. 미친년이."

Chapter. 74

"음. 방금 뭐라고 했어?"

상대도 하기 싫다는 듯이 표정을 구기고 있는 루인.

초월자치고는 패왕 바스더도 입담이 가벼운 편에 속했지만 이 기메아스는 한술 더 뜨고 있었다.

대체 사람을 팔라니.

제정신이 아닌 게 틀림없었다.

그러나 기메아스의 관심은 온통 루이즈를 향해 있었다.

고혹적인 눈빛으로 다시 바스더를 바라보고 있는 기메아스.

"내 영역의 절반을 떼어 줄게. 어때? 이 정도면 괜찮은 조건이지 않아?"

"뭐? 절반?"

환영의 군주 기메아스는 이 가변세계 내에서도 욕심이 많기로 유명한 군주.

치열하게 쟁취한 광활한 영역을 절반이나 떼어 주겠다는 그녀의 말은 바스더를 당황시키기에 충분했다.

더구나 일부지만 그녀의 영역 내에는 영원의 샘이 발산하는 마력을 흡수할 수 있는 장소까지 있었다.

"내가 샘의 영향권을 요구한다고 해도?"

"어, 그건 좀 곤란한데…… 하지만 어쩔 수 없지 뭐. 그게 조건이라면야."

"……그게 정말이냐?"

영원의 샘이 발산하는 마력을 포기할 수 있는 정도라고?

바스더가 쓰러져 있는 루이즈를 응시했다.

"대체 저 진입자 따위가 뭐라고 그런 희생까지 감수하겠다는 거냐?"

"처음 보니까."

"뭘?"

"영안을 지닌 인간을 처음 본다고."

영안(影眼).

세상의 모든 그림자를 느낄 수 있는 가공할 능력.

기메아스의 권능을 평생토록 상대해 온 바스더는 그녀의 말이 얼마나 대단한 의미를 내포하고 있는지를 잘 알고 있었다.

"그, 그럴 리가? 내가 알기로 네놈이 마지막 남은 영묘족이다. 너희들은 분명 멸종했을 텐데?"

"그러니까. 그래서 나도 궁금해 미칠 지경이란 말이야. 어째서 영묘족도 아닌 주제에 그림자를 느낄 수 있는지."

영묘족.

베니스 대륙에 얽혀 있는 무수한 신화와 전설, 옛 기록에 해박한 루인조차 간신히 기억을 더듬은 후에야 비로소 떠올린 종족의 이름이었다.

'저 기메아스가 영묘족이라고?'

인간이면서도 신과의 일상적인 소통이 가능했던 유일한 종족.

신의 직계라 할 수 있는 거인족, 타이탄들과 비교될 정도로 그들은 하늘의 지혜를 품고 있는 자들이었다.

한데 그런 영묘족의 능력, 영(影)을 느낄 수 있는 감각이라는 건 대마도사인 루인에게도 생소한 영역이었다.

어느새 쌔근거리며 잠을 자고 있는 루이즈.

루인은 루이즈의 능력을 그저 탁월한 동조 감응력과 특유의 민감한 감각이 다라고만 생각했다.

하지만 세상의 모든 그림자를 느낄 수 있다는 기메아스의 표현에, 그동안 루이즈에게 느꼈던 묘한 이질감이 어느 정도 해소되는 기분이 들었다.

그러고 보니 그녀는 생명체의 의지를 읽어 내는 듯한 반응을 늘 유지해 왔다.

생전 처음 보는 사람이 좋은 사람인지 나쁜 사람인지를 즉각적인 감각으로 받아들였다.

분명 그런 그녀의 특이한 감각은 어떤 마법의 이론으로도 설명할 수 없는 형용모순의 능력.

"확실히. 영묘족이라면 동공이 없어야 하건만 저 아이는 동공이 있었다. 네놈과는 달라."

바스더의 말에 기메아스는 배시시 웃고 있었다.

그녀를 감싸고 있던 영롱한 환영이 잦아들자 그녀의 이질적인 두 눈이 드러났다.

그녀의 두 눈은 온통 검은자위로 가득한, 그야말로 완벽에 가까운 명안(冥眼)이었다.

"우린 앞을 볼 수 없는 대신 영안이 있어. 한데 저 진입자는 앞을 볼 수 있는 눈을 지니고도 영안이 있거든. 있을 수 없는 일이야. 이건 불공평해."

"그래서."

"응?"

기메아스가 루인의 목소리가 들려온 방향을 시선으로 훑고 있었다.

"그래서 루이즈에게 뭘 확인하고 싶은 거지?"

"루이즈? 아, 그게 저 진입자의 이름이구나."

묘한 표정으로 한참을 골몰하던 그녀가 다시 예의 배시시 웃음을 머금었다.

"저 아이의 영안을 모두 해부해 볼 생각이야. 그래도 영안의 근원을 찾지 못한다면 영혼을 헤집어 살펴봐야겠지. 아직은 그 정도. 그다음은 연구와 관찰을 병행하면서 결정할 거야."

기메아스의 끔찍한 말에 생도들의 안색이 창백하게 변했다.

그러나 루인은 여전히 별처럼 차가운 두 눈을 빛내고 있을 뿐이었다.

"그녀의 영안을 해석하는 데 성공한다면 그다음은? 그다음엔 뭘 할 거지?"

상상만으로 기쁘다는 듯, 화사한 웃음으로 화답하는 기메아스.

"거야 뻔하지 않겠어? 저 진입자의 영안을 해석하는 데 성공한다는 건 우리 아이들에게도 영안을 만들어 줄 수 있다는 말과 같아."

"우리 아이?"

"너도 아까 봤을 텐데?"

루인의 표정이 처음으로 딱딱해졌다.

기메아스의 환상종 군단이 모두 영안을 가진다는 의미.

아직은 구체적으로 와닿진 않았지만 그것으로 그녀의 권능이 더욱 강화되리라는 것만은 확실했다.

권왕 테셀이 바스더를 바라보며 나직이 고개를 가로저었다.

"안 될 일이오, 패왕."

그녀의 환상종들이 모두 영안이 갖게 된다는 건, 결국 환상종들도 그녀의 능력인 환영(幻影)을 다룰 수 있는 괴물이 된다는 의미였다.

환영의 군주는 지금도 버거운 상대.

그렇게 그녀의 군단이 강화된다면 지금의 협상으로 빼앗긴 절반의 영역은 물론, 패왕과 자신의 영역까지 단숨에 정복당할 것이 분명했다.

"칫, 나와 전혀 다른 형태의 영안을 지닌 아이야. 해석이 그렇게 쉬울 리가 없다구."

"닥쳐라!"

저 간교한 잔꾀에 또 한 번 넘어갈 뻔했다.

바스더는 더 이상 상대할 가치도 없다는 듯 그녀의 끈적한 시선을 외면했다.

"한데 상대를 잘못짚었군."

"응?"

다시 루인을 바라보는 기메아스.

"루이즈는 바스더와 계약하지 않았다. 그런데 왜 그런 일을 그에게 묻고 있는 거지?"

"아!"

그러고 보니 저 영안을 지닌 진입자는 바스더의 소유가 아니었다.

하지만 사실상 바스더의 허락 없이는 저 영안의 인간을 확보할 길이 없었다.

초월자의 경지를 정복한 지 아직 얼마 되지 않은 권왕이라면 몰라도 저 패왕은 진정 무시무시한 사내였다.

기메아스는 좀처럼 드러내지 않는 패왕의 진정한 권능을 알고 있는 몇 안 되는 군주 중 하나였다.

애송이들은 한물간 군주라고 애써 패왕을 폄하하고 있지만, 노련한 군주들은 결코 함부로 패왕과의 전쟁을 결심하지 못하고 있었다.

소수의 군주들은 그가 마법사와 상대했을 때 보여 준 숨은 권능을 똑똑히 기억하고 있었기 때문이다.

물론 패왕이 점유하고 있는 영역이 그다지 탐나지 않는 영역이라는 게 더 큰 이유이긴 했다.

"당신의 요구는 제법 과한 편이다. 당연히 그 대가 역시 커야 합당하겠지."

루인의 명백한 협상 시도.

기메아스가 특유의 명안을 깜빡거리며 바스더의 눈치를 살피고 있었다.

"당신, 괜찮은 거야?"

그 대단한 패왕 바스더다.

그는 한낱 진입자 따위에게 주도권을 빼앗길 자가 아니었다.

한데 그의 대답이 의외였다.

"녀석과 협상하라. 놈의 말은 이 바스더의 말과 같다. 적어도 지금은."

묘한 뉘앙스를 풍기고 있는 바스더의 대답.

회유할 군주들, 특히 대신전의 천사들과 조우 시 진입자들의 증언이 절대적으로 필요한 상황.

불행하게도 이 급조된 파티의 주도권은 진입자들, 특히 저루인이라는 인간이 완벽하게 움켜쥐고 있었다.

"그래. 우리 강대한 영격을 지닌 진입자께서는 뭘 원하시는 거야?"

초월자가 아닌데도 만 년의 이상의 영격을 지닌 특이한 인간.

그러고 보니 이번 진입자들은 상당히 특이했다.

하긴 그 정도로 대단하니까 저 패왕조차 주도권을 빼앗긴 거겠지.

"당신의 연구 방식은 내가 이해하고 받아들일 수 있는 범위에 한정한다. 특히 영혼을 헤집겠다는 그 표현은 매우 거슬리는군. 내가 알지 못하는 방식은 결코 용납할 수 없다."

항상 미소를 잃지 않던 기메아스의 얼굴이 처음으로 차갑게 변했다.

"너 따위 마법사 놈이 감히 내 그림자를 이해해 보겠다고?"

그림자, 즉 영(影)은 마법사들이 좋아하는 이론과 체계로 설명될 수 있는 것이 아니었다.

그것은 오직 초현실적인 감각의 영역이자 삼라만상의 본질을 이해하는 초월적인 권능.

"당신의 환영도 반드시 체계가 있을 것이다. 이 세상에 사람이 이해하지 못하는 체계는 없다."

"뭣!"

발작적으로 소리치려다가 그제야 패왕이 있다는 걸 깨닫고 눈치를 살피는 기메아스.

"마법사 놈들은 세상의 근원인 마나까지 단위로 측정할 수 있다고 믿는 미개한 놈들이야! 리쿼르? 그게 너희들의 방식이라구! 그런 멍청한 자들이 감히 내 그림자를 이해하겠다구?"

"그래서? 마법사인 날 설득할 다른 방법은 있고?"

"야!"

기메아스가 비틀린 입매로 웃고 있는 루인을 죽일 듯이 노려보고 있었다.

이제야 알 것 같았다.

이 음흉한 진입자의 속내를.

결국은 자신을 초월자로 만들어 준 권능인 환영의 비밀을 한번 들여다보겠다는 심보.

하지만 기메아스는 맥을 잘못짚고 있었다.

루인은 대마도사.

초현실적인 감각의 영역인 기메아스의 환영을 이론적으로 익혀 보겠다는 생각은 애초에 없었다.

배울 대상은 자신이 아니었다.

"당신의 권능을 익힐 대상은 내가 아니라 저 루이즈다."

"응? 내 환영을?"

더욱 묘한 표정으로 굳어 버린 기메아스.

곧 그녀가 홀린 듯이 중얼거리기 시작했다.

"흐음…… 저 아이라면 나쁘지는 않네. 몇 가지 방법이 떠오르기도 하고."

그녀는 자신의 환영을 이해할 수 있는 인간이 나타난 것에 기뻐하는 듯했다.

그녀 역시 가변세계의 권태로움에 지쳐 버린 한 명의 인간.

"당신은 루이즈를 가르친다. 그리고 루이즈를 연구한다. 내 요구는 그것뿐이다."

"그래! 수락하겠어!"

"좋아."

용건을 마친 루인이 이번에는 바스더를 응시했다.

"내키진 않겠지만 기메아스를 우리 일행으로……."

"좋다."

어? 이렇게 쉽게?

안 된다고 발작할 줄 알았는데 의외로 루인의 요구를 흔쾌히 수락해 버린 것.

그는 분명 이 가변세계의 군주들 중 단 한 명만 족칠 수 있다면 무조건 기메아스를 선택하겠다고 말했었다.

"사히바를 상대하는 일이다. 협력할 군주들은 많으면 많을수록 좋아."

바스더의 그 말끝에 루인은 깨달았다.

외부 세계로 나가고자 하는 그의 욕망은 그의 어떤 복수심보다도 크다는 것을.

그는 대륙을 통일했던 천재적인 지략가답게 목적의 달성을 위해서라면 어떤 사적인 마음도 희생할 각오가 되어 있는 진정한 패왕인 것이다.

"잠깐만! 뭐라고?"

하지만 침묵을 유지하는 바스더.

기메아스가 재차 뾰족하게 소리쳤다.

"누, 누굴 상대한다고? 사히바? 설마…… 아니겠지?"

최초의 인간, 사히바(Sa-haiva).

가변세계의 모든 군주가 달려들어도 승리를 장담할 수 없는 그 무시무시한 오블레스 아이(O-Bless Eyes)의 보유자.

기메아스가 패왕과 권왕을 향해 또다시 소리쳤다.

"지금 무슨 일을 꾸미고 있는 거냐고! 당신들! 너무 권태로워서 그냥 소멸되고 싶은 거야? 그런 거야?"

패왕은 비록 폭급하지만 결코 무모한 자가 아니었다.

"마법사가 살아 있다."

"마법사? 약삭빠른 놈인데 당연히 살아 있겠지! 그래서 뭐? 그놈이 사히바와 무슨 상관이냐구!"

극도로 차가워진 바스더의 두 눈.

"그는 이 가변세계를 나갔다."

"아니 그 마법사 놈이 대체 뭐라고……! 응? 뭐라구?"

바스더가 시선으로 루인을 가리키고 있었다.

"이 진입자가 놈을 아주 잘 알고 있더군."

외부 세계의 평범한 인간이 가변세계의 군주를 알고 있다는 것.

그것은 이 가변세계의 근간을 뒤흔드는 거대한 사건의 서막이었다.

환영의 군주, 기메아스가 파티에 합류한 이후로 모든 일이 순조롭게 변했다.

그녀의 독특한 권능인 환영(幻影)이 민감한 감각을 지닌 군주들의 영역을 손쉽게 지날 수 있게 만들어 주었기 때문이다.

누구보다 그녀의 능력에 감탄하고 신기해하고 있는 이들은 바로 생도들.

시론과 세베론은 완벽하게 환영화된 자신들의 육체를 끈질기게 마법적인 지혜로 분석하려 했지만 불행하게도 수확은 없었다.

다프네와 리리아가 속삭이며 환영에 대한 의견을 나누고 있을 때, 루인이 동대륙의 전사들을 묘한 눈빛으로 바라보고 있었다.

다프네의 정성스러운 치유 마법 덕분에 광대뼈까지 드러났던 챠스단의 얼굴은 제법 회복된 상태.

하지만 그의 표정은 여전히 좋지 못했다.

"표정들이 왜 그런 거지?"

루인이 묻고 있는데도 챠스단과 그의 동료들은 표정의 변화가 없었다.

지켜보던 란시스가 피식 웃었다.

"무기력감이겠지."

"무기력……?"

머나먼 곳.

서서히 모습을 드러내기 시작한 영원의 샘을 바라보며 란시스가 말했다.

"난 비록 왕자지만 이런저런 일들로 세상의 질곡을 뼈저리게 경험했다. 패배하고 절망하는 데 제법 익숙하단 뜻이지."

"……."

"하지만 저 동대륙의 전사들에겐 이번이 처음인 것 같군."

차오른 달의 비명, 챠스단.

전사의 영애를 한 번도 놓친 적이 없는 하사므 부족의 최고의 전사.

동쪽 대륙의 전사들이 아무리 상향 평준화된 무력을 지녔어도, 저 어린 나이에 초인의 경지를 정복했다는 건 절대로 쉬운 일이 아니었다.

한 번도 패배를 경험한 적이 없는, 그렇게 자부심으로 똘똘 뭉친 전사가 자신의 모든 투기를 개방하고도 전투에 어떤 도움도 되지 못했다는 것.

지난날 자신의 모든 노력과 경험들이 한순간에 부정되는 듯한 무기력감이 그들을 덮친 것이다.

루인의 표정은 가볍지 않았다.

저들이 지금 이 순간을 어떤 식으로 견디느냐에 따라 전사로서의 운명이 달라질 수 있다는 것을 잘 알기 때문.

"너. 당분간은 함부로 저들에게 이런저런 조언을 하지 마라."

"어차피 말도 안 통해."

"너……."

한데, 어쩐지 란시스도 뭔가가 달라져 있었다.

"왜 아케인 왕자를 찾지 않는 거지?"

군주들에게 아케인 왕자가 있을 만한 장소를 물었어도 몇 번을 물었어야 할 그가 내내 침묵을 유지하고 있다는 것.

이토록 위험한 가변세계의 탐험을 결심한 그의 목적은 분명 자신의 형님을 구하기 위해서였다.

"그냥."

아케인 왕자를 추적하겠다는 일념으로 노예 신분까지 자처했던 란시스 왕자.

그렇게 강렬하게 의지를 불태웠던 그라고는 믿을 수 없을 정도의 무미건조한 반응이었다.

"그냥이라니? 네 목적은 분명……."

"별다른 이유는 없다. 단지 널 지켜보고 있자니 그냥 나의 모든 것들이 하찮다고 느껴졌을 뿐."

"그게 무슨 말이지?"

"……."

잠시 망설이던 란시스가 힘겹게 운을 뗐다.

"넌 무엇 때문에 살지?"

루인은 대답하지 못했다.

대마도사의 삶.

죽어 간 모든 이들의 염원을 짊어진 채 과거로 돌아온 한 인간의 운명을 짧은 한마디로 정의하는 건 불가능했다.

"대부분의 사람들은 자신을 위해 살지. 그건 저 강력한 군주들도 저 마법 생도 녀석들도 다르지 않을 거야. 하지만 넌……."

란시스가 생도들을 눈짓으로 가리켰다.

"저 녀석들이 그러더군. 넌 어떤 악마로부터 세상을 지켜 내기 위해 살아간다고."

"……."

·루인은 말없이 듣고만 있었다.

란시스가 무엇을 말하고 싶어 하는지를 더 듣고 싶었기 때문이다.

"처음 검을 쥔 순간에는 모두가 그런 영웅의 삶을 꿈꾸지. 하지만 실제로 그렇게 사는 건 쉽지 않아. 당장 날 지켜 내야 하고 나를 바라보고 있는 이들을 지켜야 하기 때문이지. 왕국? 정의? 맹세? 어느 순간부터 그딴 건 없어. 당장 나만 해도 형님을 찾기 위해 이렇게 발버둥을 치고 있잖아."

이어 란시스는 스스로에게 질문하고 있었다.

"난 왜 형님을 찾고 싶어 할까?"

아케인 왕자.

두려운 아버지로부터 언제나 자신을 지켜 주던 어린 날의 작은 영웅.

"난 아직도 왕실의 창고에 숨어서 떨던, 그 약하고 볼품없었던 시절 그대로를 살고 있더군. 사실은 그냥 형님이 보고 싶었던 거야. 내 두려움, 이 나약함을 형님이 보듬어 주길 바라면서 견뎌 온 거지."

그의 말을 모두 들은 루인이 마침내 웃었다.

권력으로부터 도망만 치던 웨자일의 어린 왕자, 란시스에게도 한 인간의 성장이 찾아온 것이다.

"그래. 마치 인생사를 달관한 것 같은 너의 그런 표정. 어째서지? 나보다도 어린 게 분명한데 넌 어째서 그런 거대한 대의를, 그런 가혹한 운명을 스스로 강요하고 있는 거지?"

루인은 서로 장난치며 걷고 있는 생도들을 바라보고 있었다.

란시스는 운명이니 대의니 하는 영웅적인 대답을 기대하고 있었다.

하지만 루인의 대답은 지극히 간단명료했다.

"나를 위해 웃어 주던 사람들. 그리고 나를 웃게 한 사람들."

"……"

"난 단지 내 모든 사람들이 사라진 세상에서 살아갈 자신이 없을 뿐이다."

마법사에게 있어서 초인의 영역이라 할 수 있는 마도사의 경지.

미지의 아공간에서 쏟아지던 거대한 마장기들.

압도적인 심계.

감탄할 정도의 치밀함.

하이베른가의 대공자, 저 루인의 모든 것들은 한 인간이 지닌 능력이라고는 도저히 믿을 수 없을 정도로 엄청난 것들이었다.

저 어린 나이에 그 모든 것들을 쟁취하기 위해 대체 그동안 얼마나 처절하게 살아왔을까?

감히 상상조차 할 수 없었다.

"그 악제란 자가 그렇게나 강한가?"

"세상을 파멸시킬 놈이지."

세상.

그 넓은 의미의 단어는 대륙에만 국한되지 않았다.

"웨자일도 멸망하겠지?"

"놈은 웨자일 랜드를 가장 먼저 섬멸할 것이다. 군단의 후방을 교란할 수 있는 적을 그냥 놔둔다는 건 전략에도 맞지 않지."

웨자일 랜드는 전략적으로 꽤 유리한 장소에 위치한 섬이었다.

웨자일 랜드와 인접한 게노드 항구는 대륙의 젖줄인 드나프 강을 끼고 있었다.

드나프 강을 거슬러 올라가는 것이 가능하다면, 이론상 웨자일 랜드에서 출발한 함대가 베나스 대륙 전역을 누빌 수 있었다.

실제로 란시스는 그걸 해냈다.

드나프 강을 타고 최고의 강습 함대를 운용하던 해천(海天)의 란시스 발러.

군단의 후방을 폭풍처럼 교란하던 강습 전술의 천재, 폭풍의 제왕을 루인은 똑똑히 기억하고 있었다.

란시스의 표정이 일변한다.

그의 열광으로 이글거리는 두 눈이 한 인간이 변화하고 있음을 증거하고 있었다.

그런데 그때.

"이다음은 제란의 영역이야. 여기에서 결정하고 가야 해."

갑자기 기메아스가 걸음을 멈추며 모두에게 걸어 주었던 환영을 거둬 간 것.

제란(Zeran).

그 압도적인 이름에 패왕과 권왕의 얼굴이 딱딱하게 굳어 있었다.

불사(不死)의 군주.

최초의 인간 사히바를 제외한 나머지 군주들 중에서 가장 강력한 군주라고 평가받고 있는 자.

실제로 사히바가 점유한 영역의 바깥쪽은 모두 그의 것이었다.

"샤흐나가 제란의 영역에 있는 것이 확실한 거냐?"

"그렇다니까. 왜 안 믿고 그래?"

기메아스의 간교함에 평생을 고생했던 바스더였다.

잠시 동료가 됐다고 해서 그녀를 온전히 믿을 수는 없었던 것.

"소문을 듣고 안심하고 있었는데 넌 영 쓸모가 없군."

갑자기 화살이 자신에게 향하자 테셀의 표정이 굳어졌다.

"오래전 그녀가 내 영역에 방문했을 때 그저 말 몇 마디 나눠 봤을 뿐이오. 애초에 샤흐나 님을 찾는다는 건 누굴 통한다고 되는 게 아니었소."

"빌어먹을 고고한 늙은이!"

인류의 첫 어머니 샤흐나는 자신만의 영역도 없이 마음 닿는 데로 떠돌아다니는 것으로 유명한 군주.

"그런데 왜 하필 제란의 영역인 거지? 샤흐나는 전쟁 중인 군주들과는 쉽게 교류하지 않는다고 알려졌는데?"

샤흐나는 지금까지 어느 한쪽 편에 선 적이 없었다.

언제나 철저하게 중립을 유지해 온 그녀가 마법사 그룹과 대전쟁을 벌이고 있는 제란의 영역에 있다는 것.

그 점이 바스더의 신경을 곤두서게 만들고 있었다.

"그 노망난 할머니의 변덕을 내가 어떻게 알아? 그냥 가고 싶으면 가는 거야. 샤흐나의 발걸음에 이유 따윈 없어."

"제길!"

불사의 군주가 자신의 영역에 함부로 침범한 군주들을 그냥 내버려 둘 리가 없었다.

그렇다고 그에게 진실을 알리고 회유를 하자니 그것도 찜찜했다.

제란의 욕망은 아무것도 없는 이 가변세계에서도 제어되지 못하고 있었다.

그는 절대로 외부 세계로 나가면 안 되는 군주.

루인과 탈출 계획을 구상했을 단계부터 제란은 철저하게 배제된 군주였다.

"너, 이리 와라."

루인이 묵묵히 다가오자 바스더가 특유의 강렬한 눈빛을 빛냈다.

"무슨 묘안이 없겠나?"

인상을 찡그리는 루인.

"내가 불사의 군주에 대해서 들은 건 그저 성향뿐이다. 난 그의 능력에 대해서 아무것도 모른다."

기메아스가 화사하게 웃었다.

"그게 설명할 거리라도 돼? 그는 그냥 강해. 저 패왕과 나를 합친 것보다 더. 그게 다야."

"내가 알고 싶은 건 그런 게 아니다."

"그럼 뭐가 궁금한 거냐?"

루인이 바스더를 노려보며 단호하게 말했다.

"생각하는 방식. 삶을 대하는 논리. 추구하는 지향. 특유의 가치관. 대충 뭐 그런 것들."

루인이 말을 곰곰이 듣고 있던 바스더의 얼굴이 보기 좋게 일그러졌다.

"왜 놈의 그런 것들이 궁금한 거지? 설마 네놈⋯⋯?"

대화를 듣고 있던 테셀이 놀라며 물었다.

"혹시 자네는 그를 설득할 수 있다고 생각하는 건가?"

루인의 새하얀 치아가 고르게 빛나고 있었다.

"패왕도, 환영의 군주도 지금 이 자리에 있습니다."

"그는 달라! 그저 전투에 미친 자에 불과하네!"

불사의 군주가 설득될 수 있는 인물이었다면 이렇게 시간을 쪼개어 이야기를 나눌 이유가 없었다.

심지어 바스더는 그가 누군가와 대화를 나누는 것을 본 적조차 없었다.

그는 늘 검은 투구, 검은 갑주를 입고 전장에만 나타난다.

그는 언제나 불사의 군단을 이끌고 기다란 창으로 적과 대화할 뿐.

"재밌네! 정말 재밌어! 호호호!"

가변세계의 군주들은 모두 초월자.

애초에 힘으로 굴복시키는 건 불가능했다.

오직 방법은 그들의 욕망을 이용하는 것뿐.

"결국 설득하려면 진실을 알려 줘야 할 거고 분명 놈은 이 가변세계를 뛰쳐나가려 할 것이다. 놈이 마법사보다 더 위험한 군주라는 건 들어서 잘 알고 있을 테고. 그런데도 정말 놈을 만날 것이냐?"

"어차피 일이 잘못되면 대신전과의 일전을 피할 수가 없다."

"뭐?"

바스더는 당황했다.

설마 이놈이 지금 샤흐나가 사히바를 설득하는 데 실패하고 난 이후의 계획을 세우려는 건가?

"자네. 지금 대신전과 전쟁을 하겠다는 건가?"

"샤흐나가 실패한다면 선택지는 그것뿐입니다. 천사들에게 억압받던 군주들에겐 이번 기회를 마다할 이유가 없지요. 그렇게 군주들이 대신전과의 전쟁에 뛰어든다면 사히바도 관망만 하긴 힘들 겁니다."

군주들을 한낱 체스판의 말로 만들어 버리는 루인의 당돌함에 바스더가 고개를 젖히며 크게 웃었다.

"크하하하하하! 네놈이 제일 미친놈이다! 나보다 더 미친놈이야!"

표정의 미동조차 없는 루인.

지금부터 중요한 것은 속도였다.

악제가 가변세계의 변화를 감지하고 유일한 차원 통로를 부쉈다면 답은 하나.

놈에겐 이 가변세계의 정황을 살필 수 있는 수단이 있었을 것이다.

놈이 눈치채기 전에 모든 상황을 끝내야 했다.

"지금 그를 만나겠다. 바스더."

◆ ◇ ◆

루이즈가 마나 번에서 깨어났다.

자신이 업혀 있다는 걸 깨달은 그녀가 화들짝 놀라며 시론에게서 떨어졌다.

기메아스가 환한 얼굴로 다가가더니 루이즈에게 쉴 새 없는 질문을 퍼붓기 시작했다.

"그림자는 언제부터 느낀 거야?"

〈네……?〉

"시치미 뗄 생각은 하지 마. 이 언니에게 암캐같이 굴었다간 환영 지옥을 맛보게 될 테니까."

〈지금 무슨 말씀을…….〉

묘한 표정으로 고개를 갸웃거리는 기메아스.

"하긴. 아직 자각하지 못했을 수도 있으니까."

이내 기메아스의 온몸으로부터 희뿌연 안개가 뿜어져 나왔다.

자신의 본질이자 권능인 환영(幻影)을 드러낸 것이다.

〈아…… 아아……!〉

본능적으로 그녀의 본질을 느낀 루이즈가 지독한 두려움
에 뒤로 주춤 물러났다.

떨고 있는 루이즈를 확인한 기메아스가 권능을 풀며 다시
미소를 머금었다.

"거봐."

〈당신은…….〉

"지금 여기서 날 두려워하는 건 너뿐이야. 다른 아이들이
느낀 건 그냥 새하얀 안개에 휘감긴 내 모습이 전부겠지. 왜
일까?"

〈…….〉

"넌 그림자(影)를 봐."

〈그림자……?〉

"구체적으로 설명할 수는 없겠지. 하지만 무엇보다 명확
한 느낌으로 다가올 거야. 설렘, 따뜻함, 두려움, 공포……

그 모든 걸 자연스럽게 느끼지. 안 그래?"

루이즈는 말없이 서 있었다.

자신의 이유 모를 감각에 대해 직접적으로 이야기하는 사람은 오늘이 처음이었다.

더구나 그 대상은 자신과 동료들을 죽음 직전까지 몰아넣었던 환영의 군주.

루이즈의 눈빛은 호기심과 두려움이 반씩 섞인 눈빛이었다.

〈제 감각에 대해 어떻게 아시는 건가요?〉

"나도 너와 같으니까."

〈어?〉

"그림자를 보는 감각은 우리 영묘족 고유의 권능인 환영(幻影)의 기반이야. 하지만 넌 영묘족이 아닌 평범한 인간이지."

기메아스를 뚫어지게 바라보고 있는 루이즈.

자세히 보니 그녀의 외모는 인간과는 조금 달랐다.

바람 한 점 불지 않는데도 치렁하게 늘어뜨린 그녀의 은빛 머리칼은 잔잔하게 휘날리고 있었다.

새하얗다 못해 물빛처럼 투명한 피부도 사람의 그것과는 달랐다.

무엇보다 특이한 건 구붓한 모양으로 삐뚤어진 그녀의 귀, 그리고 아이처럼 작은 체형이었다.

기메아스의 작은 손이 자신을 가리켰다.

"너. 언제부터지?"

분명 이런 특이한 자신의 감각이 언제부터 발현되었는지를 묻고 있는 것.

그렇게 루이즈는 한참 동안 기억을 더듬고 있었다.

〈 어렸을 때 요정족의 마을에서 몇 년을 보냈어요. 아마 그 즈음부터…….〉

"엘프(Elf)?"

요정들이 민감한 감각을 지닌 종족은 맞다.

그러나 그들의 민감한 감각은 자연의 정기, 즉 에테르 (Ether)에 국한된다.

그들의 감각은 모든 본질을 느낄 수 있는 영안이 결코 될 수 없었다.

"타고나진 않았다는 거네."

루이즈의 설명대로라면 분명 후천적으로 익힌 감각이라는 것.

하나 그것은 있을 수 없는 일이었다.

그림자를 보는 권능은 결코 특별한 수련을 통해 얻을 수 있는 감각이 아니었다.

신의 축복을 받은 영묘족.

영안(影眼)은 신의 축복을 부여받은 종족의 특권이었다.

"어떤 엘프였지?"

〈네?〉

"너에게 그 감각을 가르쳐 준 엘프 말이야."

〈그들에게 특별히 뭘 배우진 않았어요.〉

이내 추억에 잠긴 루이즈.

요정족 마을에서의 생활은 절대 녹록지 않았다.

요정들은 자신을 받아들여야 할지 추방해야 할지를 두고 늘 논쟁을 벌였다.

몇몇 마음씨 착한 요정들의 도움과 조언이 아니었다면 일주일도 채 못 버티고 뛰쳐나왔을 것이다.

사실 루이즈에게 있어서 요정족 마을은 전부 좋은 추억으로 남아 있는 장소는 아니었다.

"흐음……."

기메아스는 더욱 복잡한 생각에 잠겨 있었다.

배우지 않았다면 그저 요정족들에게 영향을 받아 감각을 깨우쳤다는 건데 그건 정말 말도 안 되는 일.

애초부터 그림자에 대해 아무것도 모르는 요정족이지 않은가?

저 루이즈란 아이에게 뭔가 자신도 모르는 일이 일어난 것이 틀림없었다.

같은 영안을 지닌 자신을 속이는 건 애초에 불가능한 일.

저 아이는 지금까지 단 한 번도 거짓을 말한 적이 없었다.

"됐어. 차차 알아 가지 뭐."

기메아스가 루이즈를 향해 관심을 거두고 물러가자 지켜보고 있던 루인의 차가운 목소리가 들려왔다.

"역시 자신의 욕심만 채우는군. 분명 나와 약속한 것이 있을 텐데."

기메아스가 걸음을 멈추고 다시 루이즈를 쳐다봤다.

"너."

〈네?〉

잠시 빤히 루이즈를 쳐다보던 그녀가 확신에 가까운 어조로 말했다.

"네 것은 보지 못했지?"

〈제 거라니 그게 무슨 말씀…….〉

"네 감각으로 본인의 그림자를 느낀 적이 있냐는 뜻이야.
너의 본질."

〈아!〉

루이즈는 그 말을 듣자마자 깜짝 놀라고 있었다.

상대방의 감정과 마음을 느낄 수 있는 자신의 감각.

하지만 그 감각으로 자신을 들여다본다는 생각은 단 한 번
도 해 본 적이 없는 것이다.

"역시 얼굴을 보니 그런 생각조차 해 보지 않은 것 같네."

기메아스가 다시 초월자 무리에 합류하며 지나가듯 말했
다.

"처음은 그거부터야. 자신의 그림자를 느끼지 못한다면 내
환영은 시작도 못 해."

자신이 자신의 본질을 느낀다라.

루인은 영묘족의 능력인 영안에 대해 아는 바는 없었지만
초월자에 근접했던 대마도사답게 어느 정도 그 의미를 이해
할 수 있었다.

"기메아스의 말대로 해 봐."

〈루인 님······.〉

"네가 가진 영안은 기메아스의 권능인 환영을 익힐 수 있는 최고의 자질이라더군. 허술해 보이겠지만 그래도 저 여자는 초월자다. 배워. 네 마도에도 반드시 도움이 될 테니까."

그제야 루이즈는 자신을 위해 루인이 기메아스와 어떤 거래를 했다는 것을 깨달았다.

그가 자신을 위해 또 무엇을 희생했는지를 알 수 없었다.

〈······.〉

그의 본질.

루인의 그림자.

그는 지독한 분노와 슬픔을 짊어진 사람이었다.

끓어오르는 듯한 그의 마음, 그 무겁고 거대한 감정에 언제나 짓눌릴 것만 같았다.

하지만 그는 따뜻했다.

너른 대지보다 넉넉한 마음이 있었다.

이번에도 그에게 받기만 했다.

"······."

루인은 흐트러질 것만 같은 감정을 삼키며 서 있었다.

그렁한 눈물로 자신을 바라보고 있는 루이즈.

그 옛날의 적요하는 마법사가 슬프게 자신을 바라보던 그 눈빛이었다.

물론 그때와 같은 상황과 감정은 아니겠지만 그래도 루이즈의 저런 슬픈 눈빛을 보고 있자니 잊고 있던 죄의식이 마음으로부터 차올랐다.

루이즈를 버리고 인류의 군대를 선택했던 자신.

온몸이, 마음이 해체될 듯이 저며 왔다.

참을 수 없어 눈을 감는다.

하지만 저지른 과거를 외면할 수 없기에 다시 눈을 떴다.

〈해 보겠어요. 정말 고마워요.〉

제길. 고맙다니.

죄악밖에 남아 있지 않은 내게.

누구보다 고결한 선택을 했던 네가.

어떻게 그런⋯⋯.

"뭐야? 갑자기 분위기가 왜 이래?"

시론이 활짝 웃으며 루인과 루이즈에게 다가왔다.

시론 역시 가끔 루인이 뭔가를 견딜 수 없어 하는 모습을 본 적이 있었다.

같이 지낸 시간이 있다 보니 이럴 때는 역시 자신이 나서야 한다는 것을 시론은 잘 알고 있었다.

그런데 루인을 바라보던 시론이 불현듯 놀라고 있었다.

"어? 루인? 네가 원래 이렇게 키가 컸나?"

"……?"

루인의 눈빛이 의문으로 물들었을 때 세베론과 리리아, 다프네가 다가왔다.

"어? 정말 그러네요? 한 뼘은 더 커진 것 같은데?"

"뭐야! 정말이잖아!"

세베론을 쳐다보던 시론이 더욱 얼굴을 구겼다.

"넌 또 뭐야? 너도 키가 큰 것 같은데?"

"뭐?"

하지만 그건 루인과 세베론뿐만이 아니었다.

다프네도 어딘가 모르게 더 성숙하게 느껴졌고 리리아의 은빛 머리칼 역시 더욱 진한 빛을 머금고 있었다.

정작 시론은 자신의 변화를 모르고 있었는데, 루인과 세베론처럼 키의 변화는 없었지만 그 역시 얼굴선과 눈매가 확연히 달라져 있었다.

모두에게 찾아온 비현실적인 변화.

심각한 표정으로 침묵하고 있던 루인이 별안간 수인을 뻗었다.

지이이이잉-

루인이 허공에 그린 건 촘촘하고 복잡하게 얽힌 시공 기준
계.

　일정한 값을 지닌 행렬의 좌표 변화를 살핀 후 시공(時空)
의 특성을 파악할 수 있는 대마도사의 고위 마도였다.

　"루인! 이 엄청난 술식은 뭐야 또?"

　"조용!"

　루인의 고아한 손길이 화려한 변주를 거듭하자 시공 기준
계가 더욱 복잡한 선과 도형으로 얽히기 시작했다.

　"이건……."

　당황한 기색이 역력한 루인의 표정.

　순간 다프네가 탄성을 질렀다.

　"아!"

　역시 입탑 마법사답게 루인이 허공에 수놓은 술식에서 그
녀도 왜곡된 시공의 관측값을 읽어 낸 것이다.

　급격하게 창백해진 다프네의 얼굴.

　"세상에……!"

　"뭐야! 왜 그러는 건데?"

　"무슨 일이야? 설명해 줘!"

　루인이 악다문 입술로 바스더에게 소리쳤다.

　"바스더! 왜 미리 말하지 않았지?"

　"음? 뭘 말이냐?"

　"이 가변세계의 시간 흐름이 바깥과는 다르다는 것 말이다!"

"그게 나와 무슨 상관이냐?"

"뭐!"

잠시 잊고 있었다.

바스더가 인간의 수명 따윈 애초에 초월한 초월자라는 것을.

수명의 구애를 받지 않는 그에게 왜곡된 시공은 아무런 의미가 될 수 없었다.

패왕에게 시간이란 한정된 자원이 아니라 무한한 자원이기 때문.

"루인! 그게 무슨 말이지? 이곳의 시간이 뭐 어떻다는 건데?"

"시간이 바깥보다 월등히 빠르게 흐르고 있는 것 같다."

루인과 대화한 이후로 지금까지 쭉 침묵을 유지하고 있던 란시스마저도 화들짝 놀라고 있었다.

"시간이 다르게 흐른다고?"

"시공의 흐름이 완벽히 다르다. 이 가변세계의 섭리는 바깥과는 완전히 다른 체계로 구동되고 있다."

조심스럽게 질문하는 다프네.

"우리가 이곳에서 보낸 시간은 고작 이틀인데 루인 님의 키가 그 정도로 자랐다는 건……."

"내 관측값이 틀리지 않았다면 정확히 320배다. 이 가변세계에서의 하루는 바깥의 320일과 같다."

"뭐, 뭐라고!"

루인의 얼굴이 악마처럼 일그러져 있었다.

"바스더! 이 가변세계에서 흐른 시간값이 외부 세계에도 동일하게 적용되는 건가?"

퉁명스러운 바스더의 대답.

"확인한 바는 없지만 아마도 그럴 것이다."

뿌드득

이 엄청난 사실을 지금에야 알려 준 바스더에게 극도로 화가 치밀었지만 어쩔 수 없는 일.

"그, 그럼 여기서 하루를 보낸다면 베나스 대륙력이 약 1년 정도가 흘러 버린다는 뜻이야?"

"그렇다."

"허억!"

벌써 가변세계에서 이틀을 보냈으니 바깥의 시간이 대충 2년 정도가 흘렀다는 의미.

지이이이잉-

단숨에 헬라게아를 소환한 루인.

흉측한 혼돈마의 꼬리를 꺼낸 그가 이를 악다문 채 소리쳤다.

"불사의 군주가 있는 방향!"

"그걸 내가 어찌 아느냐."

기메아스가 묘하게 웃었다.

"호호호! 가변세계의 군주들을 얕잡아 보지 마. 그들 대부분은 자신의 위치를 드러내지 않기 위해 영역 전체에 권능을 펼쳐 놓거든. 패왕의 영역을 가 봤다면 이미 너도 알고 있을 텐데?"

영역 전체에 광활하게 드리워져 있던 패왕의 마력을 떠올리며 루인은 절망했다.

"호호! 하지만 이 누님이 있으니까 실망하긴 일러."

기메아스가 루인을 향해 눈을 찡긋했다.

"난 제란을 잘 알거든. 그리고 그 인간의 그림자라면 지긋지긋하게 느끼며 살아왔지."

그림자를 느낄 수 있는 영안의 보유자, 환영의 군주.

루인이 기메아스에게 소리쳤다.

"당장! 당장 놈이 있는 곳으로 안내해!"

〈11권에서 계속〉

조선이 문명함

조휘
대체역사 장편소설